Knaur

Julie Salamon hat jahrelang als Journalistin und Filmkritikerin gearbeitet. Sie hat mehrere Bücher veröffentlicht und lebt mit ihrer Familie in New York City.

Jill Weber arbeitet als Illustratorin und Grafikerin für mehrere große amerikanische Verlagshäuser. Sie lebt mit ihrer Familie in New Hampshire.

JULIE SALAMON

Der schönste Baum

Eine Weihnachtsgeschichte

Mit Illustrationen von
Jill Weber
Aus dem Amerikanischen von
Anke Bruns

Knaur

Die amerikanische Originalausgabe erschien unter dem Titel
»The Christmas Tree« bei Random House, New York.

Besuchen Sie uns im Internet:
www.knaur.de

Vollständige Taschenbuchausgabe 2002
Droemersche Verlagsanstalt Th. Knaur Nachf., München

Umschlaggestaltung: ZERO Werbeagentur, München
Umschlagabbildung: Bridgeman Arts Library
Satz: Ventura Publisher im Verlag
Druck und Bindung: Clausen und Bosse, Leck
Printed in Germany
ISBN 3-426-62375-7

2 4 5 3 1

Für unsere Kinder
Remy, Roxie und Eli

Prolog

Eigentlich bin ich kein sentimentaler Mensch, aber als ich sie dort unter dem Weihnachtsbaum im Rockefeller Center stehen sah, mußte ich weinen.

Sie war keine junge Frau mehr; sie war sogar schon recht alt. Aber ihre Augen waren mit der Neugier und dem Staunen eines Kindes, das soeben etwas Neues und Wunderbares entdeckt hat, fest auf den Stern ganz oben an der Spitze des Baums gerichtet. Mit ihrem klugen, schmalen Gesicht, das kaum aus ihrem schwarzen Habit herausschaute, nahm sie sich neben dem riesigen Baum wie ein kleiner Vogel aus. Erst später sollte ich genau verstehen, was hinter dem Leuchten in ihren Augen lag und was dies alles ihr bedeutete.

Ihr Name war Schwester Anthony, und sie war eine gute Freundin von mir.

Eine außergewöhnliche Freundin, würde ich sagen. Ich bin immer noch nicht sicher, ob ihr jemals bewußt war, was sie für mich getan hatte. Aber so ist es nun einmal, schätze ich. Man wird von irgend etwas oder jemand angerührt, und man reagiert an ganz anderer Stelle darauf, und oft sieht man gar keine Verbindung zwischen diesen beiden Vorfällen. Bei Schwester Anthony sah ich sie, und dafür bin ich dankbar.

Verzeiht mir. Ich bin mir selbst vorausgeeilt. Ich möchte euch erzählen, wer ich bin und wie es dazu kam, daß mich ein Ereignis zu Tränen rührte, das längst zur Routine für mich geworden war.

Ich bin der Chefgärtner im Rockefeller Center, halte mich allerdings eher für so etwas wie einen Zauberer. Meine Aufgabe ist es, jedes Jahr einen Weihnachtsbaum herbeizuzaubern: einen Baum, der so großartig, so eindrucksvoll – eben zauberhaft – sein muß, daß er die New Yorker dazu bringen kann, in ihren Besorgungen innezuhalten. Wenn ihr jemals gesehen habt, wie die Leute durch Manhattan hetzen, besonders zur Weihnachtszeit, könnt ihr euch vorstellen, warum ich um diese Zeit immer ein bißchen nervös werde.

Es gibt also Gründe genug, diese Jahreszeit zu fürchten. Wir hatten schon so viele vollkommene Bäume, daß Vollkommenheit zur Regel geworden ist. Wenn man jedes Jahr einhundert Prozent erreicht, wird man schließlich nicht mehr dafür gelobt, sondern es kommen Klagen, wenn man es einmal nicht schafft.

Was ist Vollkommenheit?
Was den vollkommenen Weihnachtsbaum ausmacht, ist schwer zu beschreiben. Zwar sind die äußerlichen Anforderungen einfach genug. Der Baum muß groß und gerade gewachsen sein. Seine Äste müssen dicht und anmutig sein, und sie müssen aufwärts zeigen, um den Eindruck zu erwecken, sie reichten bis zum Himmel hinauf. Sie müssen auch biegsam sein, denn sie werden für die lange Reise nach New York City zusammengebunden.
Aber die Bäume, die schließlich ausgesucht werden, müssen noch mehr zu bieten haben als hohen Wuchs, Dichte und Biegsamkeit – ja, sogar mehr als nur Schönheit. Und hier beginnt meine Aufgabe. Ich bin in vieler Hinsicht kein besonders außergewöhnlicher Bursche, aber diese eine Gabe besitze ich. Ich kann erkennen, ob ein Baum Charakter hat, eine Seele, die den Schmuck, das Rauschgold und die Lichter überstrahlt – ob seine Schönheit von innen kommt und nicht nur von außen.
Ich weiß nicht, wie ich es anders ausdrücken soll. Ich habe mir oft gewünscht, ich hätte die gleiche Begabung auch bei Menschen.

Spaziert durch irgendeinen Park, und ihr werdet sie finden, wenn ihr nach den richtigen Anzeichen sucht. Im Sommer ist das Gras um ihre Stämme herum plattgedrückt und braun, weil so viele Menschen dort gesessen haben. Im Winter wird euch wärmer, wenn ihr sie nur anseht; selbst der Wind scheint innezuhalten, wenn er bei ihnen vorbeikommt. Widersprüchlich sind sie, diese Bäume: riesengroß und stark, und dennoch sanft und tröstlich. Es hat mit der Art und Weise zu tun, wie sie ihre Äste tragen.

Über die Jahre hatten wir dann und wann eine Weißfichte und einige Douglastannen, doch das war vor meiner Zeit. Das meiste Glück haben wir normalerweise mit Rotfichten. Ihre Nadeln sind schön grün, nicht blaustichig wie die der Blaufichten. Manchmal, wenn ich gefragt werde, warum so viele unserer Weihnachtsbäume Rotfichten sind, sage ich, sie haben das gewisse Etwas, weil sie so nah am Nordpol wachsen. Die Leute mögen das.

Der wirkliche Grund ist allerdings nicht so romantisch: Rotfichten sind leicht zu finden, und für einen immergrünen Baum wachsen sie ziemlich schnell.

Ich selbst würde jedoch nicht mal im Traum daran denken, sie anzupflanzen. Sie leben nicht sehr lange und können schon mit dreißig Jahren struppig und brüchig aussehen, wenn andere Bäume gerade ihr bestes Alter erreichen. Das scheint allerdings noch niemanden außer mir gestört zu haben. Rotfichten sind von den germanischen Völkern Nordeuropas hierher mitgebracht worden, als diese den Nordosten besiedelten, vielleicht aus Sentimentalität. Und seitdem hat man sie immer wieder angepflanzt. Die Suche nach einem Christbaum kann jedenfalls viel Zeit in Anspruch nehmen. Den Baum fürs nächste Jahr beginne ich zu suchen, noch bevor der diesjährige erleuchtet ist. Ich möchte nie wieder so ein Jahr erleben müssen wie das, in dem wir den Baum erst im September fanden. Das hört sich vielleicht ganz und gar nicht spät an, aber Weihnachten ist eine ganz große Sache im Rockefeller Center. Allein die Vorbereitungen sind gewaltig. Da sind die gigantischen Ornamente, deren Installation *jeweils* eine ganze Woche dauert, ganz zu schweigen von den Bergen von Kiefernzapfen und Glöckchen, die wir überall anbringen, von den riesigen Spielzeugsoldaten und Weihnachtssternen. Man kann sich im Weihnachtstrubel total verlieren.

Ich habe Leute, die für mich in allen Bundesstaaten rund um New York und sogar bis rauf nach Kanada auf die Suche gehen. Sie rufen mich an, wenn sie glauben, den richtigen Baum gefunden zu haben, und nachdem sie mit den Besitzern gesprochen haben, denen wir keine größere Freude machen können, als zu kommen und dieses meterhohe Monstrum abzuholen, das da in ihrem hinteren Garten wächst, bevor es umfällt und ihnen durch das Dach bricht.

Ich fahre stets selbst hin, um mir den Baum anzusehen, obwohl ich schon vorher weiß, daß es wahrscheinlich nicht der sein wird, nach dem ich suche. Man muß jedoch hinfahren, denn mit ziemlicher Sicherheit ist genau der Baum der richtige, den man nicht selbst gesehen hat.

Wo immer ich hingehe, stets halte ich Ausschau nach dem Baum. Manchmal fliege ich mit dem Hubschrauber, damit kann ich einen halben Regierungsbezirk an einem Tag schaffen. Meistens bin ich jedoch mit dem Auto unterwegs. Während ich so dahinfahre, habe ich ein Auge auf der Straße, das andere in der Luft, in der Hoffnung,

irgendwann das faszinierende Fleckchen Grün zu entdecken, diese geheimnisvolle Mischung aus Magie und Majestät. Manchmal, wenn ich zu lange unterwegs bin, bilde ich mir ein, daß die Bäume mir zuwinken und mich rufen.
Eine Minute lang bin ich ganz aufgeregt. *Ich habe ihn gefunden,* denke ich dann. Aber dann gilt es herauszufinden, wie ich zu dieser verlockenden Baumspitze hingelangen kann. Oftmals stehen die Bäume in irgendeinem Garten in einer Wohnsiedlung voller Einbahnstraßen. Man kann eine ganze Stunde umherfahren und diesen schönen Baum suchen. Dann hat man ihn gefunden und entdeckt, daß der untere Teil verunstaltet ist. Er ist an eine Mauer gequetscht oder wurde durch Beschneiden zerstört.
Ein andermal finde ich vielleicht sogar den richtigen Baum – aber das ist dann nur der Anfang. Es hört sich vielleicht komisch an, aber manchmal gestaltet sich die Suche nach dem Weihnachtsbaum ein bißchen wie ein altmodisches Liebeswerben. Eine Menge Leute hängen sehr an ihren Bäumen. Sie lieben sie. Oft hat mich die Anziehungskraft, die ein Baum auf einen Menschen ausüben kann, erstaunt. Ich habe gelernt,

auf den Moment zu warten, wenn die Besitzer aus diesem oder jenem Grund bereit sind, sich von ihrem Baum zu trennen – und das kann Jahre dauern.

Warum erzähle ich euch das alles?

Nun, ich habe gesehen, wo die Weihnachtsbäume herkommen. Ich habe sie in ihrer Pracht gesehen, wenn sie noch kein einziges Stück Schmuck trugen. Aber wie die meisten von uns war ich so damit beschäftigt, im Leben voranzukommen, daß ich nicht viel Zeit hatte, darüber nachzudenken, wo ich gewesen bin. Was für ein Glückspilz ich eigentlich bin, wurde mir erst an jenem Tag im Rockefeller Center bewußt, als ich erkannte, daß ich den Weihnachtsbaum – und auch mein eigenes Leben – niemals wieder mit den gleichen Augen betrachten würde wie zuvor. Womit ich wieder bei Schwester Anthony angelangt wäre.

Kapitel Eins

Brush Creek

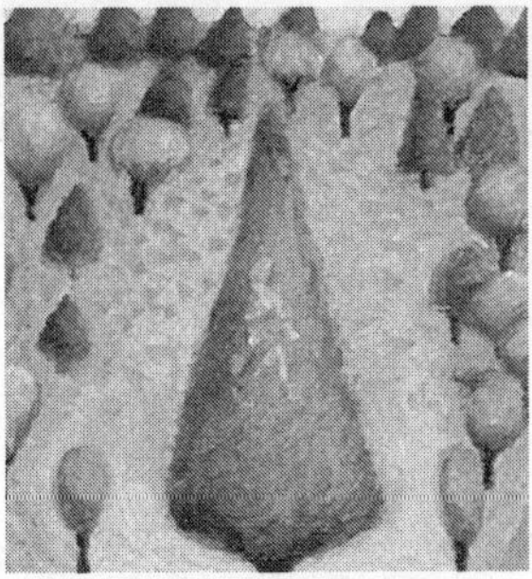

Wir mussten über halb New Jersey geflogen sein und freuten uns auf den Feierabend. Nicht ein einziger der Bäume, von denen man mir berichtet hatte, hatte auch nur annähernd dem entsprochen, was wir suchten. Ich achtete kaum noch auf die Umgebung und nahm nur noch so eben wahr, daß wir gerade eine der schönsten Gegenden des Staates überflogen. Die Landschaft war von saftigem Grün und kaum besiedelt.

Mein Kopf war schwer, und ich wollte gerade einnicken. Da sah ich etwas. Ich setzte mich auf und starrte angestrengt nach unten. Einen Augenblick lang hätte ich nicht sagen können, ob ich wach war oder schlief, so müde war ich. Aber als mein Kopf etwas klarer wurde, wußte ich, daß ich nicht träumte. Da war er! Keine Frage.

Dieser Baum war ein Prachtstück. Alles an ihm deutete darauf hin: seine tiefe Färbung, die königliche Haltung – sogar sein Standort, ein kleines Stück abseits von einer ganzen Gruppe von Nadelbäumen, als wäre er etwas ganz Besonderes.

»Können Sie ein bißchen tiefer gehen?« schrie

ich über das Dröhnen des Hubschraubers hinweg.
Ich hielt den Atem an. Normalerweise kommt bei genauerer Betrachtung die Enttäuschung. Die Hälfte der Äste hängen schlaff herunter, oder der Baum streckt sie zu steif von sich. Bei diesem Baum war es anders. Er schien genau die seltene Kombination von Eigenschaften zu besitzen, nach der ich suchte – die Größe von King Kong und die anmutige Biegsamkeit von Giselle. Meine Augen wanderten über das Gebiet und blieben an einem großen, eleganten Gebäude hängen.
»Wissen Sie, wem dieses Anwesen gehört?« fragte ich den Piloten.
Er sah auf seine Karte. »Das habe ich mir gedacht«, sagte er.
»Was?« fragte ich ungeduldig.
»Es gehört Ordensschwestern«, gab er Auskunft. »Es ist das Brush-Creek-Kloster.«
»Ein Kloster?« fragte ich zweifelnd. »Ist es dafür nicht ein bißchen zu feudal?«
Der Pilot war ein waschechter New-Jersey-Bursche und kannte sich aus.
»Dies ist kein gewöhnliches Kloster«, begann er.
Ich fiel ihm ins Wort: »Das sehe ich auch.«

Er hatte bessere Manieren als ich und tat so, als bemerke er mein naseweises und vorlautes Verhalten nicht.

»Brush Creek wurde nach dem Vorbild der großen europäischen Herrenhäuser gebaut«, sagte er mit der vollendeten Höflichkeit eines Reiseführers. »Der Mann, der es erbaut hat, wollte, daß seine Kinder nur Schönheit zu sehen bekämen, wohin sie auch blickten, und er hatte die Mittel dazu. Auf dem Anwesen gibt es jegliche Art von Obstgärten und überall hübsche kleine Täler und Wäldchen. Nach allem, was ich gehört habe, muß er ein interessanter Bursche gewesen sein – er hat nicht nur alles schön fürs Auge hergerichtet, sondern sich auch schon mit Naturschutz beschäftigt, bevor die meisten Menschen überhaupt wußten, was das Wort bedeutet. Das Haus soll so viele Fenster haben, daß man an jedem Ort in seinem Inneren die Kraft der Natur spürt. Er nannte es Brush Creek, nach dem kleinen Fluß, der mitten hindurch fließt.«

Er betrachtete die Karte genauer und zeigte dann mit seinem Finger auf eine Stelle. »Sehen Sie, das ist er. Die gewundene Linie dort. Das ist der Fluß.«

Ich schaute auf die Karte und beugte mich dann vor, um besser hinaussehen zu können. Dem guten Mann war sein Vorhaben gelungen, soviel war sicher. In Brush Creek gab es Schönheit im Überfluß. Aus der Luft konnte man seine fast perfekte Anlage erkennen. Ich reagierte so, wie es jeder Berufsgärtner täte – mit Entzücken und einer nicht unerheblichen Portion Neid.

»Wie kommt es, daß jetzt Nonnen hier leben?« wollte ich wissen.

Der Pilot schüttelte den Kopf. Eigenartig, nun war ich bestimmt schon ein dutzendmal mit ihm geflogen, und dies war das erste Mal, daß wir mehr als ein paar Worte miteinander sprachen.

»Er wollte das Anwesen eigentlich seinen Kindern vererben«, sagte er. »Aber es kommt eben manchmal anders als geplant. Seine Frau starb lange vor ihm, und seine Kinder hatten kein großes Interesse an der Erhaltung des Ortes. Und als er dann von diesem Schwesternorden hörte, der sich auf der ganzen Welt um das Wohl armer Kinder kümmerte, da beschloß er, ihm sein Heim zu vermachen, als Ort, wo die Nonnen sich von ihrer Arbeit erholen konnten; mit einer einzigen Bedingung: Sie mußten es genauso

erhalten, wie es war.« Eine Zeitlang sprach keiner von uns, so, als hätte uns schon dieser kleine ortskundliche Wissensaustausch einander zu nahe gebracht.
Ich unterbrach das Schweigen mit einem Lachen.
»Was ist so komisch?« fragte der Pilot.
»Ich dachte nur gerade«, sagte ich, »daß es diesmal ein Kinderspiel sein dürfte. Wen könnte man wohl besser um einen Weihnachtsbaum bitten als Ordensschwestern?«
Auf dem Rückweg lehnte ich mich entspannt zurück. Wir hatten erst Frühling, und mit etwas Glück hatte ich Weihnachten bereits in der Tasche.

Am nächsten Tag fuhr ich zum Kloster hinaus.
Ich hatte nichts dagegen, einmal aus dem Büro herauszukommen. Die Hausmeister des Gebäudes streikten, und es herrschte das reinste Chaos. Nun war ich zusätzlich zu all meinen anderen Aufgaben auch noch dafür verantwortlich, daß es genügend Müllbeutel für alle gab. So ein Durcheinander!
Mein Zuständigkeitsbereich im Rockefeller Center umfaßt eine Fläche von fast neun Hektar.

Elf- oder zwölfmal pro Jahr wechselt die Gestaltung der Gartenanlagen an der Promenade. Ich entwerfe sie, beschaffe die Pflanzen und bin für die Anpflanzung, das Stutzen und Beschneiden zuständig. Dazu haben wir fünfhundert Bäume in den Straßen zu pflegen und in den Innenräumen wer weiß wie viele Blumen und Pflanzen, die alle zwei Wochen erneuert werden müssen. Und dann ist da noch der Christbaum.
Der Mann, der mich eingestellt hat, hat sich früher selbst darum gekümmert. Also, *das* war wirklich ein sentimentaler Mensch. Er liebte diese Aufgabe. Selbst als er in eine höhere Position aufstieg, behielt er sich diesen Teil seiner Arbeit weiterhin vor. Gelegentlich nahm er mich mit. Ich dachte, er wollte bloß Gesellschaft haben – daß er mich ausbildete, um ihn später abzulösen, ahnte ich nicht.
Er wußte, daß ich nicht scharf darauf war. Doch kurz bevor er in Pension ging, sagte er zu mir: »Du bist hier der Gärtner. Du bist für die Grünanlagen zuständig. Der Baum ist grün. Also gehört er in deinen Bereich.«
»Danke«, murmelte ich, ohne meinen Mangel an Begeisterung zu verbergen.

»Es wird dir guttun«, lachte er. »Wird dich ein bißchen sanfter stimmen.«
»Außerdem«, fügte er hinzu, »bist du gut.«
Ich habe darüber nachgedacht, jemand anderen mit der Auswahl des Baumes zu betrauen – aber es ist wahr, sosehr ich mich auch beklage, ich bin darin wirklich gut.
Zumindest komme ich auf diese Weise mal raus. Ich bin zwar Gärtner, aber die meiste Zeit über sitze ich am Computer oder am Telefon. Daher kam mir die Aussicht auf einen schönen Frühlingstag auf dem Land gerade recht – vor allem, nachdem ich diesen Baum entdeckt hatte. Diesmal brauchte ich keine vergebliche Sucherei zu befürchten.
Die Fahrt in den schönsten Teil New Jerseys war lang. Das Kloster lag ein ganzes Stück abseits der Hauptstraße. Entlang des Kiesweges, der zu ihm hinführte, standen Hartriegelbüsche in voller Blüte, und ich kurbelte mein Fenster herunter, so daß ich in ihrem Duft schwelgen konnte.
Obwohl ich das Kloster aus der Luft gesehen hatte, war ich nicht auf den Anblick vorbereitet, der sich mir bot, als ich die letzte Kurve hinter mir gelassen hatte.

Auf einer sanften Anhöhe gelegen, wirkte es imposant wie ein Schloß und doch niedlich wie ein Puppenhaus. Geheimnisvolle, winzige Fensterchen lugten aus dem steilen Dach hervor wie Gucklöcher, während die Fenster in den unteren Stockwerken sehr groß und ganz offensichtlich dazu gedacht waren, außen und innen miteinander zu verschmelzen. Das Gebäude schien überhaupt nicht aufzuhören; immer wenn ich dachte, mein Blick hätte sein Ende erreicht, sah ich wieder eine neue Wand, die rechtwinklig dazu weiterging.

Eine Nonne öffnete mir, bat mich herein und führte mich zu Schwester Frances, der Oberin des Klosters. Wir hatten telefoniert.
Als ich in der Eingangshalle stand, erhaschte ich einen Blick auf einen großen Raum voll wunderschöner Gemälde, bequemer Möbel und wertvoller Teppiche, der aussah wie aus Tausendundeiner Nacht.
Die prachtvolle Einrichtung verblüffte mich.
»Gefällt Ihnen unser Heim?« fragte eine freundliche Stimme.
Ich blickte mich um und sah eine Nonne mit einem runden, rosigen Gesicht und amüsierten, intelligenten Augen, die beobachteten, wie ich da stand und staunte. Ich lachte ein wenig verlegen.
Schwester Frances führte mich durchs Haus. Jedes Zimmer schien von Licht durchflutet zu sein. »Der alte Herr hat dafür gesorgt, daß man immer hinaussehen kann, egal wo man sitzt«, erläuterte sie. Also schauten selbst die Stühle, die mit dem Rücken zum Fenster standen, auf große Spiegel, die exakt so angebracht waren, daß sie einen vollkommenen Blick nach draußen gestatteten. Die Räume waren großzügig angelegt, die Schlafzimmer behaglich, alles war genau durch-

dacht. Schließlich landeten wir in einem geräumigen Salon, wo wir an Fenstern saßen, die den Blick auf den Garten und die dahinterliegenden Felder freigaben.

»Wie Sie wahrscheinlich gemerkt haben, ist dies kein gewöhnliches Kloster«, sagte Schwester Frances. »Die meisten Nonnen, die hierherkommen, leben nicht hier. Sie arbeiten mit Kindern überall in der Welt und meistens an Orten, die in jeglicher Hinsicht weit entfernt von hier sind.«

Obwohl Schwester Frances das forsche und zupackende Auftreten der geborenen Organisatorin an den Tag legte, erkannte ich nach und nach, daß ihre Vitalität täuschte. Schwester Frances hatte eine Menge mitgemacht.

Wir plauderten ein wenig weiter über das Kloster und die kleine Anzahl Schwestern, die hier das ganze Jahr über lebten. Obwohl es sehr still war, bemerkte ich, daß wir nicht allein waren. Fast in jedem Zimmer saßen Nonnen, die lasen oder sich in kleinen Gruppen unterhielten.

Es dauerte nicht lange, bis Schwester Frances zur Sache kam.

»Sie interessieren sich also für einen unserer Bäume?« begann sie.

Ich bejahte und versuchte, so gut ich konnte, seinen Standort zu beschreiben.

Sie hörte aufmerksam zu und lächelte dann. »Das dachte ich mir«, sagte sie.

Sie schickte sich an, sich vorsichtig aus ihrem Sessel zu erheben. Ich sprang auf, um ihr zu helfen, aber sie winkte lachend ab.

»Nein, nein. Ich habe mich nun über siebzig Jahre auf dieser Erde allein mit Gottes Hilfe bewegt und bin jetzt zu alt, um meine Gewohnheiten noch zu ändern.«

Schwester Frances ging ans Fenster und zeigte nach draußen. »Gehen Sie dort hinunter, da finden Sie einen Weg, der zu Ihrem Baum hinführt«, sagte sie. »Aber die Entscheidung liegt nicht bei mir, sondern bei Schwester Anthony.«

Ihre Worte entzückten mich. Hatte sie nicht gesagt »zu Ihrem Baum«?

»Wo finde ich Schwester Anthony?« fragte ich.

»Gehen Sie einfach zum Baum hinunter«, war die Antwort, »da werden Sie sie schon finden.«

Kapitel Zwei

Schwester Anthony

Der würzige Duft des Frühlings lag in der Luft. Anfangs marschierte ich forsch und zielstrebig einher wie in der Großstadt. Doch dann verlangsamte ich meine Schritte, um eine hübsche Obstplantage zu bewundern, und schließlich hielt ich, von so viel Schönheit umgeben, alle paar Schritte an.

Es war ein merkwürdiges Gefühl, einfach stehenzubleiben. Ich arbeite stets nach einem dichtgedrängten Terminplan – die große Frühjahrsblumenschau am Anfang des Jahres, Weihnachten am Ende und zwischendrin die ständigen Pflanzenausstellungen.

Endlich kam ich zu einer großen Gruppe Nadelbäume, wie Schwester Frances es mir vorausgesagt hatte. Mein Herz schlug rasend schnell, so als ginge ich zu meinem ersten Rendezvous. Kaum zu glauben, wie närrisch ich mich anstellte.

Ich ging zwischen den Bäumen hindurch und trat auf eine Lichtung hinaus. Meine Augen brauchten einen Moment, um sich nach dem schattigen Dunkel an das Licht zu gewöhnen. Ich blinzelte, und da stand er! Der Baum, den ich aus der Luft gesehen hatte. Und er sah genauso

aus, wie ich es mir erhofft hatte. Er war erhaben und majestätisch und gleichzeitig zierlich und anmutig.
»Hallo!«
Erschrocken fuhr ich zusammen. Ich war von dem Baum so gefesselt gewesen, daß ich die kleine Gestalt in Schwarz gar nicht bemerkt hatte, die dort am anderen Ende der Lichtung stand. Sie kam mit raschen Schritten auf mich zu und streckte die Hand aus.
»Sie müssen der Mann vom Rockefeller Center sein«, sagte sie.
Es dauerte einen Augenblick, bevor ich antworten konnte. Ihr Händedruck war erstaunlich fest.
»Ja«, sagte ich, »und Sie sind ...«
»Ich bin Schwester Anthony«, sagte sie. Dann wandte sie sich zu dem Baum um.
»Er ist schön, nicht wahr?« sagte sie.
»Wunderschön«, sagte ich.
»Nun, junger Mann«, sagte sie, »kommen Sie, wir wollen uns unterhalten.« Sie ging hinüber zum Baum und setzte sich, wobei ihr Habit sich um sie herum ausbreitete wie ein zusammengesunkenes Zelt.
Es war etwas Beunruhigendes an dieser Nonne.

Ihr Auftreten und ihre Stimme waren die einer erwachsenen Frau – sie war weit über Fünfzig –, ihre rastlose Energie jedoch war die eines Kindes. Sie bewegte sich flinker als ich. Ihr Gesicht war schmal und ausdrucksvoll, doch es waren ihre Augen, die mich gefangennahmen, sie waren dunkel, fast schwarz, und strahlend.

Ich setzte mich neben sie und hatte einen Kloß im Hals wie ein Kind. Und ein Kind war ich schließlich nicht mehr, selbst wenn ich in Schwester Anthonys Augen jung erscheinen mochte.

Da ich schwieg, machte sie den Anfang.

»Sie wollen also Baum haben«, sagte sie.

»Baum?« wiederholte ich verständnislos.

Sie lachte. »Entschuldigen Sie, es hört sich für Sie sicher merkwürdig an, wenn eine alte Frau wie ich so daherredet. Aber ich kenne Baum, seit ich ein kleines Mädchen war – er war damals noch ein Schößling. Wir sind zusammen aufgewachsen.«

Ich fühlte mich so, wie sich Dorothy gefühlt haben mußte, als sie im Land des Zauberers von Oz gelandet war. Am meisten erstaunte mich, wie gut es mir hier gefiel. Dennoch, ich hatte schließlich einen Job zu erledigen. Ich sagte mit meiner geschäftsmäßigsten Stimme: »Nun, dann nehme ich an, Sie werden sehr glücklich sein, wenn Ihr Baum der berühmteste Baum der Welt wird.«

Schwester Anthony sah mich an, als wäre ich verrückt geworden.

»Warum?« fragte sie.

Ich murmelte irgend etwas davon, Millionen von Kindern auf der ganzen Welt glücklich zu machen, aber ich wußte bereits, daß ich verloren hatte. Ich würde meinen Weihnachtsbaum nun doch nicht bekommen. Wir hatten jetzt Mai, im Handumdrehen war es Dezember, und statt den Sommer zu genießen, würde ich umherfahren und nach einem Baum Ausschau halten, der unmöglich so schön wie dieser sein würde.

Sie hatte meinen jämmerlichen Gesichtsausdruck bemerkt.

»Oh, das ist bestimmt ganz wundervoll!« versicherte sie. »Es ist nur nicht das richtige für Baum. Er hat nämlich hier eine Menge zu tun.«

Dann erzählte sie mir von den besonderen Gottesdiensten, die die Nonnen auf der Lichtung abzuhalten pflegten, und daß sie im Sommer unter ihrem Baum picknickten, weil seine Äste einen so herrlichen Schatten spendeten. Sie sprach davon, daß sie Kindern aus der Stadt seit so vielen Jahren hier auf der Lichtung Naturkundeunterricht erteilte, daß einige sogar schon mit ihren Enkelkindern hierhergekommen waren, um Baum zu besuchen. All dies brach in einem langen, fröhlichen Wortschwall aus ihr heraus. Schließlich hielt sie inne und sah mir direkt in die Augen.

»Ich habe Ihnen nicht ganz die Wahrheit gesagt«, sagte sie leise. »Schwester Frances hat mir mitgeteilt, warum Sie gekommen sind und daß die Entscheidung darüber bei mir liege. Aber Sie haben viele Bäume zur Auswahl. Ich habe nur Baum.«

Meine Enttäuschung schwand, als ich hörte, wie eindringlich sie sprach. Hier offenbarte sich ein Gefühl, dessen Tiefe ich nur erahnen konnte.

Ich streckte die Beine aus und wollte aufstehen.

»Ich glaube, ich sollte jetzt gehen«, sagte ich, so freundlich ich konnte.

»Aber nein, gehen Sie nicht«, sagte Schwester Anthony. »Ich habe etwas zum Mittagessen mitgebracht.« Sie wies mit dem Kopf zu einem alten Tornister hin, der auf dem Boden lag. »Als

Schwester Frances mir sagte, daß Sie Gartenbaufachmann sind, da dachte ich, wir könnten uns vielleicht unterhalten. Man hält mich hier für *die* Expertin, und es ist nicht gerade einfach, wenn von einem erwartet wird, daß man über alles Bescheid weiß.«

»Wem sagen Sie das?« sagte ich und plumpste zurück auf den Boden.

Sie reichte mir ein Sandwich.

»Nun sagen Sie mir«, begann sie, »was heißt es eigentlich, Chefgärtner im Rockefeller Center zu sein?«

Es machte mir Spaß, mit ihr zu reden. Ihre Kenntnisse waren beeindruckend. Ich freute mich darüber, jemanden gefunden zu haben, der den Unterschied zwischen einer Azalee und einem Rhododendron kannte. Aber das Gespräch führte bald unweigerlich zurück zum Christbaum und darauf, wieviel Nerven er einen kostete.

»Es hört sich an, als *haßten* Sie Weihnachten geradezu!« bemerkte sie.

Ich zögerte, beschloß dann aber, ehrlich zu sein. Es war einer dieser Tage.

»Ich bin Gärtner, schlicht und einfach. Weihnachten ist für mich eine Pflicht, um die ich nicht gebeten habe.«

Ich war mir bewußt, daß ich mich wie ein Brummbär anhörte, aber ich hatte es satt, ständig gute Miene zum bösen Spiel zu machen, und sie schien mir wirklich zuhören zu wollen.

»Wissen Sie, irgendwann findet man Weihnachten schrecklich. Es ist der Zeitdruck. Für mich ist das ganze Jahr über Weihnachten. Noch bevor das eine Weihnachten vor der Tür steht, bereite ich schon das nächste vor. Und was das Schlimmste ist: Da verbringt man nun so viel Zeit damit, diesen großartigen Baum zu suchen, und dann begreifen die Leute noch nicht einmal, was sie da vor sich sehen. Sie haben sich so an künstliche Bäume gewöhnt oder an echte Bäume, die auf ›perfekt‹ getrimmt worden sind, daß sie denken, die Individualität eines natürlichen Baums sei eine Art Makel.«

Sie sah verdutzt aus.

»Schauen Sie mal nach dort oben, Schwester«, sagte ich. »Sehen Sie, wie die Äste Ihres Baumes hierhin und dorthin zeigen?«

Sie antwortete ein wenig abweisend: »Nun ja, das macht eben seinen Charakter aus.«

Ich hielt inne und starrte sie an.
»Was ist los?« fragte sie.
Ich schüttelte den Kopf.
»Nichts. Ich war bloß überrascht, daß Sie dieses Wort benutzten.«
»Warum denn?« wollte sie wissen.
»Eines Tages«, sagte ich, »interviewte mich eine Reporterin. Es ging darum, wie wir den Baum aussuchen. Sie fragte: ›Was unterscheidet einen Baum vom anderen?‹ Ich versuchte es ihr zu erklären. Ich erzählte von Schattierungen und geometrischen Formen und dichtem Wuchs, aber ich sah, daß sie das nicht zufriedenstellte. Ich wurde ungeduldig. Für so etwas hatte ich keine Zeit. Wie erklärt man jemandem ein Gefühl, das man für eine Sache empfindet, wenn dieser Jemand es niemals selbst erfahren hat?«
Darauf sagte Schwester Anthony sanft: »Nun, was haben Sie ihr denn erzählt?«
»Charakter«, sagte ich. »Ich sagte ihr, daß es am Charakter liegt, so als begegne man Jackie Onassis oder Katherine Hepburn. Es gibt manche Frauen, die schöner sind, aber keine andere hat ihre Präsenz. Sie ziehen einfach alle Aufmerksamkeit auf sich.«

Wir saßen eine Weile schweigend da und widmeten uns unseren Sandwiches.

Als Schwester Anthony sprach, klang ihre Stimme verschmitzt. »Nun, vielleicht hassen Sie Weihnachten ja doch nicht gar so sehr.«

Ich war etwas verlegen, weil ich so unvorsichtig gewesen war. Im allgemeinen spiele ich gerne den Überlegenen.

Ich zuckte mit den Schultern. »Für mich ist es wie Theater. Wir bauen die Kulissen auf, zünden die Lichter am Baum an, und der Vorhang hebt sich! Die Show beginnt.«

Sie hob die Augenbrauen.

»Nun gut«, sagte ich. »Für die Zuschauer ist es sehr romantisch. Besonders wenn es schneit. Die Schlittschuhläufer dort draußen auf der Eisbahn unter dem Baum, die Büsche, alles erstrahlt, wie um dem Baum Konkurrenz zu machen. Verstehen Sie, was ich meine?«

Sie schüttelte den Kopf. »Nicht ganz.«

Ich war skeptisch.

»Haben Sie wirklich noch nie den Weihnachtsbaum im Rockefeller Center gesehen? Nicht einmal im Fernsehen?«

Sie schüttelte wieder den Kopf und lächelte. »Ich

entferne mich nie sehr weit von Brush Creek, und einen Fernseher haben wir nicht. Wir versuchen, es hier für die Nonnen, die zu Besuch kommen, so ruhig wie möglich zu halten. Sie brauchen Erholung von all den Aufregungen, die sie in der Welt draußen zu Gesicht bekommen.«

Es war einer jener Momente, in denen einem klar wird, daß Seelenverwandtschaft immer an Grenzen stößt. Schwester Anthony mochte eine Menge über die Natur wissen, doch was wußte sie schon vom wirklichen Leben? Ich kam mir vor wie ein Idiot, weil ich so offen zu ihr gewesen war und angenommen hatte, sie könne mich verstehen.

Sie schien bestürzt, so als habe auch sie gespürt, daß der Augenblick des Gleichklangs zwischen uns vorüber war. In der Hoffnung, mich auf diese Weise höflich davonmachen zu können, begann ich mit meiner Standardansprache auf den Baum.

»Ich sehe den Baum als Kronjuwel des Rockefeller Centers«, sagte ich monoton, während Schwester Anthony plötzlich mit ihren Gedanken ganz woanders zu sein schien.

»Die Stadt ist unser Juwel«, murmelte sie.

»Wie bitte?« sagte ich.
Sie wiederholte: »Anna, die Stadt ist unser Juwel.«
Ich schüttelte den Kopf. »Ich verstehe nicht.«
Als sie nicht antwortete, streckte ich die Hand aus und tippte ihr an die Schulter.
Jetzt war sie an der Reihe, verdutzt dreinzublicken. Sie schüttelte den Kopf und schickte sich an aufzustehen. »Sie müssen mir vergeben«, sagte sie. »Etwas, das Sie eben gesagt haben, hat mich zurückversetzt in eine andere Zeit.«
»Wer war Anna?« fragte ich.

Sie setzte sich wieder zurück ins Gras. »Ich glaube nicht, daß Sie das interessieren würde.«
»Schon passiert«, sagte ich. »Erzählen Sie mir von ihr.« Auf einmal kam das freundschaftliche Gefühl, das ich zuvor verspürt hatte, zurück, ebenso plötzlich, wie es verschwunden war. Schwester Anthony schien wieder ganz die alte zu sein, voller Energie und Humor.
»Es ist kein großes Geheimnis«, sagte sie. »Ich war Anna, vor vielen, vielen Jahren.«
Sie sah mich schelmisch an. »Es überrascht Sie vielleicht, aber wir Nonnen kommen nicht in unserer Tracht zur Welt, wissen Sie. Ich war einmal ein kleines Mädchen. Und ich wurde in New York City geboren.«
»Erzählen Sie mir mehr davon«, bat ich.
»Sie würden also gerne eine Geschichte hören, ja? Also gut«, sagte sie, »ich werde Ihnen erzählen, wie es kam, daß ein Mädchen namens Anna aus New York nach Brush Creek kam.« Etwas an ihr veränderte sich, und ich erkannte, daß sie entweder eine geborene Geschichtenerzählerin oder zumindest eine mit viel Übung war. Ich war daher nicht überrascht, als sie mit den Worten »Es war einmal« begann.

Kapitel Drei

Anna

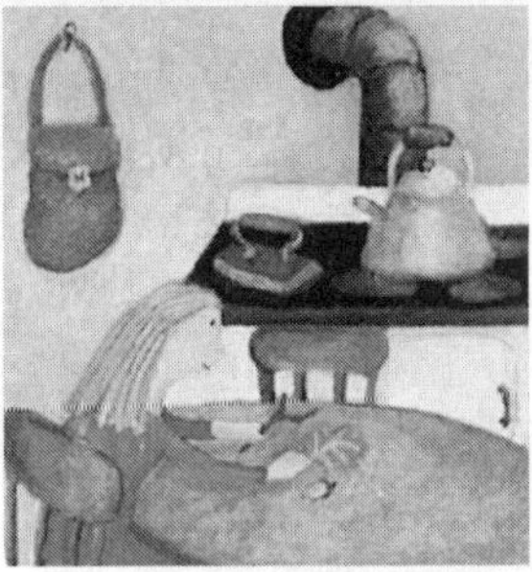

Es war einmal vor langer Zeit ein Mädchen namens Anna. Den Namen hatte ich nach einer Großmutter, die ich nie kennengelernt hatte. Geschwister hatte ich keine, nicht einmal ein Haustier, obwohl ich mir vorzustellen pflegte, daß die Katze, die in der Gasse hinter unserem Haus miaute, meine war.

Meine Mutter starb bei meiner Geburt, und nicht lange danach, als ich fünf Jahre alt war, starb auch mein Vater. So war das, was ich für meine Eltern empfand, mehr ein Gefühl als eine Erinnerung. Es war ein sehr schönes Gefühl, eine seltsame Mischung von Bildern und Wörtern, die mir immer dann in den Sinn kamen, wenn ich nicht damit rechnete, zumeist mitten in der Nacht.

Die Bilder leuchteten in den allerschönsten Farben, ich sah strahlende Lichterketten, die sich überall spiegelten. Und ich hörte die warme, ernste Stimme meines Vaters immer wieder die gleichen Worte sagen: »Die Stadt ist unser Juwel.«

Wir hatten eine Nachbarin, Mrs. Ellis, die immer sehr nett zu mir gewesen war. Sie lebte im Erdgeschoß unseres Hauses und ließ ihre Tür stets offen. Jedesmal, wenn sie mich ins Haus kommen sah, rief sie mich zu sich und gab mir ein Stück Brot, das frisch aus dem Backofen kam, oder ein Stück Garn, aus dem ich etwas machen konnte. In den guten Zeiten, als mein Vater noch Arbeit hatte, paßte Mrs. Ellis auf mich auf – oder vielleicht eher ich auf sie. Sie bügelte für die Damen der feinen Gesellschaft am Washington Square. Ich erinnere mich, wie ich ihr stundenlang zusah, wenn sie ihr schweres schwarzes Bügeleisen auf dem Herd erhitzte und dann gewissenhaft den zerknitterten Hemden ihr ursprüngliches gestärktes Aussehen zurückgab. Sie konnte sogar Ärmel mit Spitze bügeln.

Nachdem Vater gestorben war, wohnte ich bei Mrs. Ellis. Eines Morgens jedoch, nicht lange nach dem Begräbnis, sah sie von ihrer Bügelarbeit auf und sagte: »Ich wünschte, ich könnte für dich sorgen, Anna, aber ich bin zu alt, um noch einmal Kinder großzuziehen. Und weil es niemand anderen gibt, der sich um dich kümmern könnte, muß ich dich dorthin bringen, bis man deine Tante gefunden hat.«

Ich wußte nichts von einer Tante, noch hatte ich eine Ahnung, was »dorthin« bedeutete, aber die Aussicht auf einen Ausflug nach so vielen stillen

Tagen und Wochen, in denen ich zugesehen hatte, wie Vater kränker und kränker wurde, begeisterte mich. Zwar vermißte ich ihn, aber ich war zu jung, um zu begreifen, daß ich ihn niemals wiedersehen würde. Auch dachte ich, es würde ihn freuen, wenn ich mal ein bißchen hinauskam. »Wir sind ganz große Rumtreiber, du und ich«, pflegte er zu sagen. Wir machten lange Spaziergänge zusammen, manchmal gingen wir sogar von unserer kleinen Wohnung in Greenwich Village aus bis hin zum Central Park.

Ich packte meine paar Sachen in einen Beutel, wie Mrs. Ellis es mir aufgetragen hatte, und wir wollten gerade gehen, als mein Blick auf den alten Tornister meines Vaters fiel, der neben dem Ofen an einem Haken hing. Seit seinem Tod war der Tornister mein wertvollster Besitz – er war alles, was mir von Vater geblieben war. »Oh, bitte, warten Sie noch einen Moment«, bat ich Mrs. Ellis, die stets viel Geduld mit mir hatte. »Ich darf meinen Tornister nicht vergessen, in dem sammele ich nämlich Sachen.«

Ich hörte Mrs. Ellis schniefen und vor sich hin murmeln: »Armes kleines Ding. Bisher hat sie nichts als Unglück aufgesammelt.«

Auf meine Frage, was sie damit meinte, tätschelte Mrs. Ellis meine Wange. »Nichts, Liebes«, sagte sie. »Gar nichts. Nun laß uns aber laufen.« Ich hatte erst kurz zuvor gelernt, wie man hüpfte, und als ich so neben Mrs. Ellis einherhüpfte, fühlte ich mich richtig glücklich, besonders als ich hörte, daß wir auf dem Weg zu einem Kinderheim waren.

Sosehr ich Vater auch geliebt hatte, hatte ich doch gar keine Freunde in meinem Alter und sehnte mich danach, mit anderen Kindern zu spielen und ihnen Geheimnisse ins Ohr zu flüstern, wie es die Kinder in den Büchern taten, aus denen Vater mir vorgelesen hatte.

Als wir das Heim erreichten und Mrs. Ellis mich fragte, ob sie noch ein bißchen dableiben solle, sagte ich nein. Ich weiß noch, wie fest sie mich drückte, bevor sie fortging, und wie eilig ich es hatte, hineinzugehen. Bis dahin war ich stets ein glückliches Kind gewesen. Wie hätte es auch anders sein können mit einem Vater, der jeden neuen Morgen damit begrüßte, daß er aus dem Fenster blickte und fragte: »Was erwartet uns heute da draußen?«

Wir wurden fast niemals enttäuscht. Stets fanden

wir etwas, das ich noch nie gesehen hatte, etwas Neues und Wunderbares.
Unglücklicherweise fand ich im Kinderheim auch etwas, das ich noch nie erfahren hatte – etwas, auf das ich lieber verzichtet hätte.
Schwermut.
Das lag nicht an der Düsternis, die an diesem Ort herrschte. Auch unsere Wohnung hatte nur am späten Nachmittag Licht bekommen, wenn die Sonne am Himmel gen Westen zog. Vater hatte mir das eines Tages erklärt, als ich ihn gefragt hatte, wieso ein Ort einmal hell und dann wieder dunkel sein konnte.
Auch das Höhlenartige des Gebäudes machte mir nichts aus, ebensowenig wie der Lärm der vielen Kinder. Ich war schließlich ein Großstadtkind und noch dazu ein armes. Bequemlichkeit und Ruhe waren Dinge, die ich aus Büchern kannte, aber nie erlebt hatte. Und den Umständen entsprechend war es ein gut geführtes Heim.
Nein, das Gefühl von Schwermut rührte von etwas her, das kurz nach meiner Ankunft geschah. Eine Dame mit sanfter Stimme zeigte mir mein Bett, das fünfte in einer langen Reihe, alle mit säuberlich eingesteckten Decken. »Du kannst

deine Sachen einräumen und dann die anderen Mädchen kennenlernen«, sagte die Dame, die in großer Eile zu sein schien. Damals hielt ich ihre kurz angebundene Art für Gefühlskälte. Inzwischen verstehe ich, daß die Ärmste völlig überarbeitet gewesen sein muß. Es gab einfach nicht genug Erwachsene, die sich um all die Kinder kümmerten.

Ich legte meinen Beutel und meinen Tornister unter das Bett und wartete. Bald kam ein Mädchen mit schönen dunklen Haaren herein. Sie war viel größer als ich und schien auch älter zu sein, obwohl ich für mein Alter schon immer sehr klein gewesen war. Vater hatte mich immer Spatz genannt.

»Hallo!« sagte ich, vermutlich etwas zu übermütig. Ich habe wohl einfach angenommen, sie müsse erfreut sein, mich zu sehen. Immer waren Menschen um mich gewesen, die mich liebhatten.

»Was ist in dem komischen Beutel mit den Riemen?« Mit diesen Worten stellte sie sich vor. Später erfuhr ich, daß sie Doreen hieß.

Ich streckte ihr die Hand hin, wie Vater es mich gelehrt hatte. »Ich heiße Anna«, sagte ich.

»Habe ich dich danach gefragt?« gab sie mit ärgerlicher Stimme zurück.

Ich nehme an, es war offensichtlich, doch ich begriff einfach nicht, daß sie nicht mit mir Freundschaft schließen wollte. Ich öffnete meinen Tornister und breitete meine geliebte Sammlung vorsichtig auf den Bett aus. Sie hatte meinem Vater gehört und bestand aus Zweigen, Blättern, Nüssen und Rindenstücken. Dann gab es da vier sorgfältig gefaltete Stückchen Papier, auf denen Zeichnungen der Teile von verschiedenen Baumarten zu sehen waren. Sie waren am oberen Rand in der sauberen Handschrift meines Vaters beschriftet: Platane. Ahorn. Ginkgo. Eiche. Während Doreen zusah, stapelte ich kleine Haufen auf jedes Stück Papier. Blätter, Zweige, Nüsse und Rinde der Platane kamen auf die Zeichnung der Platane, Eichenlaub und Eicheln auf das Eichenbild und so weiter.

»So«, sagte ich stolz, als ich fertig war. Doreen beugte sich über das Bett, als wolle sie die ausgelegten Sachen begutachten. Dann griff sie zu meinem Entsetzen nach dem Eichenhäuflein, zerbrach die Zweige, riß die Blätter in Fetzen, warf die Rinde auf den Fußboden und zertrat sie mit ihrem schweren Schuh. Nur die kleine Eichel blieb verschont, weil sie unter das Bett gerollt war.

»Was bist du nur für ein Trottelchen«, höhnte sie und hob die Fäuste, als warte sie nur darauf, daß ich versuchen würde, sie zu schlagen.

Mein Gesicht brannte vor Zorn. Aber Vater hatte immer gesagt, mit Zorn könne man nichts ausrichten, und ich wußte, daß mein Ungehorsam ihm weh tun würde.

Also sagte ich kein Wort zu Doreen. Ich hob einfach meine Zweige und Papierchen auf, kniete nieder, sammelte die Rindenkrümel ein und legte alles liebevoll zurück in den Tornister.

Von da an war ich bei den Erwachsenen im Heim als »die Schweigsame« bekannt. Ich tat, was man mir auftrug, nicht mehr und nicht weniger. Die Frauen, die für uns sorgten, waren wirklich nett. Anfangs versuchten sie noch, mich zum Reden und Spielen zu bewegen. Aber es gab so viele Kinder, um die sie sich kümmern mußten, und es war leicht, mich zu vergessen, da ich ihnen auch keinerlei Umstände machte.

Auch die anderen Kinder ließen mich in Ruhe. Die freundlichen unter ihnen hatten wahrschein-

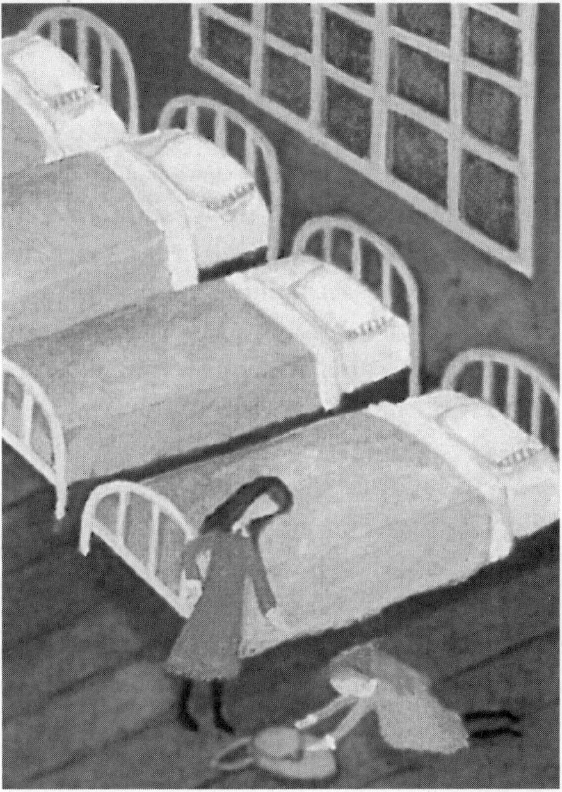

lich genug mit ihren eigenen Problemen zu tun; die brutalen, zu denen Doreen zählte, nahmen keine Notiz mehr von mir, nachdem sie herausgefunden hatten, daß ich mich gegen ihren Spott nicht auflehnte. Ich wartete einfach auf den Tag, an dem ich wieder aus dem Fenster sehen und keine Angst mehr haben würde zu fragen: »Was erwartet mich heute da draußen?«

Dann erwachte ich eines Tages in aller Frühe, als die Sonne gerade aufgegangen war und die Morgenglocke noch nicht geläutet hatte, und sah mich zwei sehr großen Menschen gegenüber, zu denen ich emporstarrte. Vielleicht waren sie auch gar nicht so groß, sondern kamen mir nur so vor. Ich war inzwischen sechs Jahre alt. Niemals werde ich das Datum vergessen. Es war der 2. April 1935, fast ein Jahr war vergangen, seit ich Mrs. Ellis auf Wiedersehen gesagt hatte.
Der Mann und die Frau stellten sich vor, aber ich war so verschlafen, daß ich nicht verstehen konnte, was sie sagten, und nur so viel mitbekam, daß sie von jemandem geschickt worden waren, um mich abzuholen.
Ich hörte die Frau sagen: »Komm, Liebes, zieh dich an und pack deine Sachen. Du kommst mit uns.«
Einen Augenblick lang zitterte ich vor Aufre-

gung, dann fiel mir das letzte Mal wieder ein, als eine freundliche Dame mich fortgebracht hatte. Dennoch widersetzte ich mich nicht. Das hätte ich ohnehin niemals getan, so gefügig war ich inzwischen geworden. Meine einzige Absicht war, nicht aufzufallen, und das gelang mir, indem ich tat, was man mir sagte.

In einer Minute war ich fertig. Ich verließ das Heim in den gleichen Sachen, in denen ich gekommen war. Da ich nicht sehr gewachsen war, paßte mir noch alles, bis auf die Schuhe, die an ein noch kleineres Mädchen weitergegeben worden waren. Ich zog den Tornister unter meinem Kopfkissen hervor, wo er seit dem Tag meiner Ankunft ungeöffnet gelegen hatte, und war zum Aufbruch bereit.

»Was für ein toller Ranzen, Anna«, sagte die Dame. »Sieh nur, die vielen Riemen und Schnallen! Was ist darin?«

Ich war zu verängstigt, um zu antworten – oder sie auch nur anzusehen. Die Augen auf den Boden gerichtet, schlich ich einher.

Die Frau flüsterte dem Mann etwas zu. Ich konnte nicht hören, was sie sagte, aber als ich einen Blick nach oben riskierte, bemerkte ich, daß sie sich um mich zu sorgen schien. Ich hätte ihr gerne geantwortet, denn ich fühlte, daß sie ein freundlicher Mensch war. Aber ich war noch nicht bereit, ein solches Wagnis einzugehen.

Ich hörte kaum auf das, worüber die Erwachsener redeten, während wir weitergingen. Zu sehr hielt mich der Augenblick gefangen, da ich endlich wieder das vertraute, beglückende Gefühl erlebte, draußen auf der Straße zu sein.

Als wir an ihrem Automobil ankamen und der Mann die Tür öffnete, begriff ich nicht sofort, was man von mir erwartete. Ich hatte noch nie in einem Auto gesessen! Ich kletterte hinein und beobachtete aufgeregt, wie der Mann den Schlüssel ins Zündschloß steckte; dann spürte ich, wie der Motor mit einem lauten Dröhnen und einem Ruck ansprang: Ich wollte laut loslachen, doch hatte ich gerade ein Jahr hinter mir, in dem ich gelernt hatte, meine Gefühle verborgen zu halten.

Die armen Leute! Sie müssen gedacht haben, daß mir elend zumute war, so steif saß ich in meinem Sitz und sagte nicht ein Wort außer *bitte* und *danke,* wenn mir etwas zu essen oder zu trinken gereicht wurde.

Eine ganze Weile fuhren wir so, bis die Landschaft, die am Fenster vorbeiflog, von Grau zu Grün wechselte. Diese neue Welt kam mir riesengroß und ein wenig verlassen vor. Wir fuhren meilenweit, ohne einen Menschen zu sehen, es gab nur hier und da eine Kuh. Die Schönheit der Gegend machte mich nur noch ängstlicher und trauriger, denn mir wurde plötzlich bewußt, daß mich nun gar nichts mehr mit meinem einstigen Leben in New York verband, nicht einmal mehr der Beton.

Wir bogen von der Hauptstraße ab auf eine andere Straße und durchfuhren schließlich eine Kurve, hinter der das erstaunlichste Gebäude lag, das ich je gesehen hatte. So viele verwunschene Fenster und Winkel – es sah aus wie aus einem Bilderbuch. Das war natürlich Brush Creek.

Die eigenartigsten Empfindungen überkamen mich: Meine Eltern hatten mich holen lassen – sie hatten in diesem wundervollen neuen Zuhause auf mich gewartet und mit ihnen die Katze aus der Hintergasse. Vielleicht war auch Mrs. Ellis da. Jedenfalls gab es reichlich Platz für alle.

Ich zog am Griff der Autotür und versuchte

sie aufzubekommen. Mit einem Mal war es mir gleichgültig, ob man mein Glück sehen konnte.
»Komm, ich helfe dir«, sagte der Mann, griff nach hinten und öffnete mir die Tür.
Ich sprang aus dem Wagen und merkte auf einmal, daß ich über den Rasen hüpfte. Ich dachte, ich hätte vergessen, wie das ging.
Ich rief laut: »Hallo! Hallo! Da bin ich!«
Die Tür des riesigen Hauses öffnete sich, und jemand kam mit einem breiten Lächeln im Gesicht heraus.
Ich hielt inne, wie zu Stein erstarrt, als ich meinen schrecklichen Fehler erkannte.
Die Gestalt, die auf mich zukam, war eine Frau, doch sah sie sehr merkwürdig aus, ganz eingehüllt in ein wehendes schwarzes Gewand, als wolle sie sich darin verstecken. Ich hatte noch nie eine Nonne gesehen.
Der Mut verließ mich, und mir war nach Weinen zumute. Natürlich waren meine Eltern nicht hier. Nur noch mehr Befremdliches.
»Du mußt Anna sein«, sagte die verhüllte Frau. »Willkommen in Brush Creek.« Sie hatte rosige Pausbacken und eine kleine runde Brille.

Es war schwer zu sagen, ob sie alt oder jung war.

Ich drehte mich um und sah die Leute, die mich hergebracht hatten, fragend an.

»Anna, warum schaust du denn so erschrocken drein?« sagte die Frau. »Wir haben dir doch erzählt, daß du hier bei den freundlichen Schwestern wohnen wirst, die sich bereit erklärt haben, für dich zu sorgen.« Da fiel mir ein, daß ich etwas über »Schwestern« gehört hatte, als wir zum Auto gingen, aber da ich keine Schwestern hatte, hatte ich angenommen, sie würden nicht mit mir sprechen, und nicht weiter hingehört.

Die Nonne mit den rosigen Wangen war Schwester Frances, die schon damals Oberin war. »Ich bin Schwester Frances«, sagte sie. »Komm doch herein, dann zeige ich dir alles.«

Was blieb mir anderes übrig? Ich nahm meinen kleinen Beutel und meinen Tornister und ging hinein.

Schwester Anthony unterbrach ihre Erzählung plötzlich. »Meine Güte«, sagte sie. »Sehen Sie, wie spät es ist! Kaum zu glauben, wie lange ich dahergeschwatzt habe.«

Wir hatten lange so dagesessen. Ich wollte sie noch so vieles fragen und ihr auch so vieles erzählen, aber ich sah ein, daß unsere Zeit vorüber war. Also dankte ich ihr für den interessanten Nachmittag und ging meines Weges, verwundert, wie schwer mir der Abschied fiel.

Kapitel Vier

Freunde

Ich rechnete nicht damit, Schwester Anthony nach diesem denkwürdigen Nachmittag voller Kameradschaft und Offenheit wiederzusehen. Auf jeden Fall hatte ich nicht vor, sie noch einmal auf ihren Baum anzusprechen. Ich habe es mir zur Regel gemacht, mich niemals in die Beziehung zwischen den Besitzern und ihren Bäumen einzumischen, wie groß die Versuchung auch sein mag.

Doch hatte ich sehr oft das Bedürfnis, mit ihr zu sprechen. Ich verstand nicht genau, was mich an ihr so anzog. Über Pflanzen konnte ich schließlich mit vielen Leuten sprechen, und Schwester Anthonys zurückgezogenes Leben im Kloster hatte ganz offensichtlich mit dem meinen nichts gemein. Ich liebe das Großstadtleben. Natürlich beklage ich mich wie alle anderen auch über den Lärm und die Unbequemlichkeiten und den Schmutz, dafür genieße ich aber auch die vielen Möglichkeiten, die eine Großstadt bietet. New York paßt zu einem wie mir, dem die Ruhelosigkeit angeboren ist. Waisenkinder und Nonnen waren eigentlich nicht mein Fall.

Ich kam zu dem Schluß, daß die Verbundenheit mit Schwester Anthony, die ich an jenem Tag gefühlt hatte, ein Ergebnis meiner Müdigkeit und Enttäuschung gewesen war. Ich hatte eben zu hart gearbeitet. Brush Creek ... das wäre ja noch schöner!

Dann rief sie an. Es war wohl früh im Herbst, das genaue Datum weiß ich nicht mehr. Ich kann mich nur erinnern, daß ich bereits einen Christbaum für dieses Jahr gefunden hatte. Ich brauchte also nichts mehr von ihr.

Sie hatte eine Klasse in Naturkunde zu unterrichten und wollte wissen, ob ich kommen und den Kindern erzählen würde, wie ich den Weihnachtsbaum für das Rockefeller Center aussuche. Sie war freundlich am Telefon, wenn auch ein bißchen förmlich.

Ich hätte eine Ausrede vorbringen können, wie ich es für gewöhnlich tue. Aber irgend etwas, ich weiß nicht, was, ließ mich ja sagen.

Ich fand sie auf der Lichtung inmitten einer Gruppe von Kindern, die wohl acht oder neun Jahre alt sein mochten. Ich stand am Rand und sah zu, wie sie verschiedenfarbige Blätter Papier austeilte.

»Ihr seid die Platanengruppe«, sagte sie gerade

zu den Kindern mit den roten Blättern, als sie mich bemerkte. »Guten Tag«, rief sie und winkte mir zu. Ihre Wangen waren gerötet vom Aufenthalt in der frischen Luft. »Lassen Sie mich dies hier abschließen, dann gehören sie Ihnen. Haben Sie etwas Zeit? Sonst mache ich hier später weiter.«

Ich sagte, sie solle ruhig fortfahren. Ich hatte für den Rest des Nachmittags nichts vor.

Sie hatte die Klasse nach verschiedenen Baumarten in Gruppen aufgeteilt, die sich anhand der Farben der verteilten Papierblätter voneinander unterschieden. Auf jedes Blatt hatte sie ein Abbild von Rinde, Frucht oder Samen, Zweigen und Blättern der jeweiligen Bäume gezeichnet. Die Kinder sollten nun entsprechende Exemplare suchen und sie zum nächsten Mal mitbringen.

Es machte mich nervös zu sehen, wie begeistert sie bei der Sache waren. Es würde schwierig sein, danach noch Eindruck auf sie zu machen. Aber sie hörten meiner kleinen Vorlesung aufmerksam zu, und ihre Fragen schienen echtem Interesse zu entspringen. Ich hatte vor genügend Schülergruppen gesprochen, um zu erkennen, daß diese Kinder in den Händen einer begnadeten Lehrerin gewesen waren.

Als ich fertig war, wollten sie immer noch nicht gehen.

»Erzählen Sie uns eine Geschichte«, rief ein Kind.

Schwester Anthony lächelte, dann sah sie mit gespieltem Ernst zum Himmel hinauf.

»Laßt mich mal sehen«, sagte sie, »wo steht die Sonne? Haben wir noch genug Zeit?«

Offenbar war dieses Geschichtenerzählen ein Ritual, das am Ende jeder Naturkundestunde von Schwester Anthony stand, denn die Kinder blickten, schon bevor sie ihre Frage ausgesprochen hatte, mit dem gleichen gespielten Ernst nach oben und schrien: »Ja!«

»Na gut«, sagte Schwester Anthony. Dann hielt sie inne.

»Möchtet ihr hören, wie es dazu kam, daß ich Baum kennenlernte?«

Weitere »Ja«-Rufe waren zu hören. Doch bevor sie begann, dankte sie mir für mein Kommen und sagte, ich müsse nicht bleiben. »Nein, nein, ich würde gerne zuhören«, sagte ich, ungeachtet der zahlreichen unbeantworteten Telefonanfragen, die mir in den Sinn kamen. Ich mußte herausfinden, was mich erneut hierhergeführt hatte. Vom ersten Satz an spürte ich, daß die Kinder bereit waren, ihr zu folgen, wohin ihre Geschichte sie auch führen würde. Und so ging es mir auch.

Vor vielen Jahren kam ein kleines Mädchen nach Brush Creek. Es war ganz allein auf der Welt und hieß Anna. Dieses Mädchen war ich.

Ich war nach einer langen Reise hier angekommen. Schwester Frances – ja, sie war auch damals schon hier – führte mich zwei steile Treppen hinauf auf mein Zimmer ganz oben unter dem Dach. Es war ein winziges Zimmer mit einem großen Fenster direkt über dem Kopfende des Bettes. Es gab auch einen kleinen Schreibtisch, einen Stuhl und einen Wandschrank. Mir erschien es großartig. Noch nie hatte ich ein eigenes Zimmer gehabt.

Ich erinnere mich, wie Schwester Frances zu mir sagte: »Wirst du auch beten, bevor du schlafen gehst?«

Ich nickte, aber ich war mir nicht sicher, ob ich diesen Teil der Abmachung würde erfüllen kön-

nen. Es ist für euch Kinder vielleicht schwer vorstellbar, aber ich war es nicht mehr gewohnt, Gebete zu sprechen. Ich hatte etwa ein Jahr lang in einem Waisenhaus gelebt und einfach vergessen, wie das ging. Ich weiß noch, wie ich mein Nachthemd anzog und meinen Tornister an einen Haken im Schrank hängte, bevor ich ins Bett kroch. Ich versuchte mich an das Nachtgebet zu erinnern, das ich mit meinem Vater immer gesprochen hatte, aber es wollte mir nicht einfallen. Schließlich sagte ich einfach: *Danke, daß Du mich an diesen schönen Ort geführt hast* und drehte mich dann auf den Rücken, so daß ich aus dem Fenster sehen konnte. In der Schwärze des Himmels entdeckte ich winzige Lichtpunkte, so schwach wie glitzernde Fünkchen. Ich wußte nicht, was das war! Beim Einschlafen nahm ich mir vor, am nächsten Morgen Schwester Frances danach zu fragen.

Als ich erwachte, war mein Gesicht ganz warm. Die Sonne strahlte zum Fenster herein.

Ich zog mich schnell an und lief auf der Suche nach Schwester Frances nach unten. In der Küche war niemand, ebenso im ganzen übrigen Haus. Ich hatte keine Ahnung, wo sie alle hingegangen waren, und bekam ein wenig Angst.

Ich wußte nicht, was ich tun sollte, also ging ich in den großen Salon in der Mitte des Hauses und stand einfach still da und wartete. In weiter Entfernung hörte ich einen lieblichen, silberhellen Klang. Ich wollte hinausgehen und nachsehen, woher er kam, aber dafür war ich zu ängstlich.

Schließlich sah ich eine große Gruppe von Nonnen, die durch den Garten auf das Haus zukamen. Sie waren beim Morgengebet gewesen, aber das wußte ich nicht. Brush Creek und seine Gepflogenheiten waren mir ja noch völlig neu.

»Ah, du bist wach«, sagte Schwester Frances, als sie mich sah. Sie erzählte mir, wo sie alle gewesen waren, und fragte, ob ich hungrig sei. Das war ich. Weil ich aber immer noch ein wenig schüchtern war, sagte ich kein Wort und folgte den Nonnen in den Eßsaal direkt neben der Küche. Oh, wie gut dieses Frühstück schmeckte, obwohl es doch nur eine Schüssel Haferbrei war. Die frische Luft nachts in meinem Zimmer hatte mir wohl ordentlich Appetit gemacht.
Das Essen machte mir so viel Mut, daß ich nach dem Frühstück direkt zu Schwester Frances ging. »Könnten Sie mir etwas erklären?« fragte ich sie.
Später erzählte mir Schwester Frances, daß sie hoch erfreut gewesen war, mich so geradeheraus sprechen zu hören. Sie war sich unsicher, wie ich mich in meine neue Umgebung einfügen würde. Wie ihr alle wißt, arbeiten viele der Nonnen, die nach Brush Creek zu Besuch kommen, mit Kindern, doch ich war das erste Kind, das tatsächlich dort lebte. Das war etwas ungewöhnlich, aber die Zeiten waren damals andere. Alles war von meiner Tante in die Wege geleitet worden, die meine einzige lebende Verwandte war. Sie war

ebenfalls Ordensschwester und lebte sehr weit entfernt, hatte aber einmal einen Erholungsurlaub in Brush Creek verlebt.

Doch zurück zu meiner Geschichte.

Schwester Frances versicherte mir, daß sie versuchen würde, auf meine Frage zu antworten.

»Was sind diese kleinen Punkte, die ich von meinem Fenster aus sehe?« fragte ich.

Inzwischen hatte sich Schwester Lucia zu uns gesellt, die leider nicht viel Geduld hatte.

»Was meinst du mit kleinen Punkten?« fragte sie.

Ich glaube nicht, daß Schwester Lucia absichtlich in so scharfem Ton mit mir sprach, aber sie machte mir dennoch angst. Ich antwortete: »Oben am Himmel.«

Schwester Frances hatte wohl bemerkt, wie verängstigt ich war. Um mich zu beruhigen, kniete sie nieder, so daß ihre Augen auf gleicher Höhe waren wie meine. »Das sind Sterne, Anna. Du hast sicherlich in New York City nicht so viele von ihnen gesehen.«

Ihre Herzlichkeit ermutigte mich, weiterzusprechen. »O doch, das habe ich«, sagte ich, »als ich ganz klein war, sah ich einen Stern in New York, aber er war noch viel heller und größer als alle Sterne, die ich gestern nacht gesehen habe.«

»Lächerlich«, schnappte Schwester Lucia. »Das Kind muß geträumt haben. Geh in die Küche und sieh nach, ob du dich dort nützlich machen kannst.«

Ich sah Schwester Frances fragend an.

»Geh schon, Anna«, sagte sie mit freundlicher Stimme.

Ich gehorchte und war schrecklich traurig, daß ich mich selbst an diesem wunderschönen Ort so allein und ausgestoßen fühlen mußte – es war genau wie im Kinderheim. Ohne zu überlegen, schlüpfte ich zur Küchentür hinaus und fing an zu rennen. Ich wußte nicht, wohin, ich wollte bloß allein sein.

Das Gras war naß. Es war noch früh, und der Morgentau war noch nicht von der Sonne getrocknet worden. Meine Füße wurden naß, aber ich nahm es kaum wahr.

Ich rannte den Hügel hinter dem Kloster hinauf, an den beschnittenen Hecken und dem großen Beet vorbei, das für den diesjährigen Gemüseanbau umgegraben worden war. Ich rannte an den Apfelbäumen vorbei, an denen kleine grüne

Auswüchse anzeigten, daß sie gerade anfingen zu knospen.

Mein Atem kam stoßweise, aber ich rannte weiter, mitten durch eine Gruppe von Nadelbäumen hindurch, bis ich auf der anderen Seite auf eine Lichtung stieß. Anfangs war ich zu sehr außer Atem, um zu weinen. Ich wollte mich nur ausruhen. Ich warf mich zu Boden und starrte hinauf zu einer großen, dicken Wolke, die gerade über meinen Kopf hinwegzog. Dann aber war mir plötzlich gar nicht mehr nach Weinen zumute. Ich war sehr ruhig, obwohl ich mich immer noch allein gelassen fühlte. Den Gedanken an die Rückkehr in dieses große Haus, das mir nun gar nicht mehr so schön vorkam, konnte ich nicht ertragen.

Als die Wolke vorübergezogen war, setzte ich mich auf und nahm zum ersten Mal seit meiner Flucht aus dem Haus meine Umgebung richtig wahr. Ich war hier – auf dieser Lichtung, die – genau wie jetzt auch – von großen Bäumen umgeben war. Sie strahlte Geborgenheit aus, so wie ein ganz privater Schlupfwinkel nur für mich. Abgesehen vom Krächzen und Zwitschern der Vögel war ich allein.

Und doch hatte ich ein Gefühl, als ob mich jemand beobachtete. Ich sah mich um, konnte aber niemanden entdecken. Dann fiel mein Blick auf etwas auf der gegenüberliegenden Seite der Lichtung – auf etwas Kleines. Ich ging hin und mußte lachen. Könnt ihr euch denken, was es war? Es war ein vollkommener kleiner Baum, eine Miniaturausgabe der riesigen Nadelbäume, die die Lichtung umstanden. Er war gerade so groß wie ich!

»Oh, was bist du schön«, sagte ich laut. »Darf ich dich anfassen?« Ich hätte es nicht mit Sicherheit sagen können, aber es war mir, als ob ein ganz leichter Schauer über die Äste des Baumes liefe.

Obwohl ich wußte, wie beängstigend Fremde sein konnten, konnte ich nicht widerstehen. Ganz vorsichtig streckte ich die Hand aus und streichelte die Nadeln des kleinen Baumes. Daß sie mich kitzelten, nahm ich als ein Zeichen seiner Freundlichkeit.

Dann erzählte ich, ohne darüber nachzudenken, dem Baum Dinge, die ich noch niemand anderem erzählt hatte. Wie sehr ich meine Mutter und meinen Vater vermißte. Von Schwester

Lucia und Schwester Frances und darüber, wie einsam ich mich fühlte.

So redete ich eine ganze Weile.

Als ich fertig war, setzte ich mich neben den Baum. Einträchtig wärmten wir uns miteinander in der Sonne – und irgendwie fühlte ich mich viel besser.

Als ich an diesem ersten Tag ins Kloster zurückkehrte, war es fast Mittagszeit. Die Nonnen waren verärgert und ließen es mich spüren, jede auf ihre Art.

»Wo warst du?« fauchte Schwester Lucia und achtete nicht auf Schwester Frances' warnenden Blick.

»Schwester Lucia will dir nur erklären, daß wir uns Sorgen gemacht haben«, sagte Schwester Frances.

»Bitte machen Sie sich keine Sorgen«, war alles, was ich sagte. Ich wollte gar nichts vor ihnen verbergen, aber ich hatte Angst, Schwester Lucia würde mich auslachen, wenn ich ihr von Baum erzählte. Komisch, ich nannte ihn von Anfang an so. Einfach Baum, als gäbe es keine anderen Bäume.

Zum Glück läutete es zum Mittagessen, und der

leere Eßsaal füllte sich rasch mit Nonnen. Mein Verschwinden war vergessen.

Nach dem Essen rannte ich die Stufen zu meinem Zimmer hinauf und lief sogleich zu meinem Schrank, um den Tornister hervorzuholen. Ich lief so schnell wieder hinunter, daß ich fast eine der Schwestern umgerannt hätte, die eine große Ladung Geschirr zum Spülbecken trug.

»Langsam, Kind«, sagte sie.

Ich mußte mich zwingen, ruhig zur Tür zu gehen. In dem Augenblick, als ich die Schwelle überquert hatte, begann ich zu rennen und sprang über den Rasen, der nun trocken und fest unter meinen Füßen war. Als ich die Lichtung erreichte, zwang ich mich, langsamer zu gehen. Ich wollte meinen neuen Freund nicht erschrecken. Ich verstand, daß er wohl nicht an laute kleine Mädchen gewöhnt war. Das einzige, was ich hörte, war ein leises *tschäck, tschäck, tschäck* von irgendwoher oberhalb meines Kopfs. Gegen das Sonnenlicht blinzelnd, starrte ich in die dichten grünen Nadeln der umstehenden Bäume.

Aha! Etwas bewegte sich. Dann sah ich es. Es war ein flinker kleiner Vogel mit leuchtend gelben Flecken auf Kopf, Brust und Flügeln. *Tschäck, tschäck, tschäck.*

Dieser Ort war voller Überraschungen, und das ist er noch heute.

Auf Zehenspitzen ging ich hinüber zu dem Baum.

»Ich muß dir etwas ganz Tolles zeigen, Baum«, sagte ich.

Mit großer Vorsicht öffnete ich meinen Tornister und holte die Umschläge hervor, die meine wertvolle Sammlung von Blättern, Rinde, Zweigen und Samen enthielten, ähnlich denen, die wir heute zusammengetragen haben. Ich breitete meinen Schatz auf dem Rasen vor dem Baum aus und sprach sehr ernsthaft mit ihm, so als wäre ich erwachsen und er ein Kind.

»Baum«, sagte ich, »paß gut auf.«

Baum saß natürlich fein still, aber ich wartete noch ein bißchen, um sicher zu sein, daß er bereit war, zuzuhören.

»Diese Blätter und anderen Teile sind von deinen Vettern«, erklärte ich ihm. Ich kicherte dabei recht viel herum, nicht weil ich dachte, das, was ich ihm erzählte, sei dumm, sondern weil ich aufgeregt war. Der Vogel mit der gelben

Zeichnung jedoch sang fröhlich weiter, so als wolle er mich ermutigen, fortzufahren.
Also fuhr ich fort. Es war nicht einfach, denn all dies hatte mein Vater mir einst erklärt, und er war vor langer Zeit gestorben. Aber ich versuchte es weiter, und eine ganze Menge Grundlagen fielen mir auch wieder ein. Ich erklärte Baum, wie man die verschiedenen Teile eines Baumes bestimmte, erzählte von Rinde und Samen und zeigte ihm den Unterschied zwischen einer Eiche und einer Platane. Die Unterrichtsstunde war für den Anfang gar nicht so schlecht, muß ich sagen, und ich verfuhr dabei recht anschaulich. »Die Blätter hängen an den Zweigen, genau wie meine Hand am Arm hängt«, sagte ich zu ihm und wedelte mit den Armen in der Luft. Und ich war sehr stolz, als mir einfiel, daß die Blätter irgend etwas mit der Ernährung der Bäume zu tun haben, obwohl ich keine Ahnung hatte, wie das genau vor sich ging.
In dem Glauben, ich könnte aus der Betrachtung seiner Blätter vielleicht etwas darüber lernen, sah ich mir Baum genauer an. Doch als ich näher herankam, sah ich, daß er gar nicht solche Blätter wie die anderen hatte. Von nahem konnte ich se-

hen, daß seine gefiederten Arme aus vielen kurzen, schmalen grünen Nadeln bestanden, die am Zweig emporwuchsen. Hier und dort konnte ich eine Stelle entdecken, wo es so aussah, als sei eine der Nadeln ausgefallen. Als ich so nahe wie möglich herantrat, erblickte ich an der Stelle, wo die Nadel gewesen sein mußte, etwas, das fast wie ein kleiner Haken aussah.

All dies war recht interessant, aber es zeigte mir nichts darüber, wie Blätter Nahrung herstellten, und das enttäuschte mich sehr.

»Du mußt müde sein«, sagte ich zu Baum, womit ich natürlich ausdrücken wollte, daß ich selbst ein wenig müde war. »Ruh dich ein bißchen aus. Ich lege mich neben dich, damit du einschlafen kannst.«

Von neuem hörte ich das bekannt Tschäck, tschäck, tschäck, das mich daran erinnerte, meine Samen und die anderen Sachen wegzuräumen, bevor ein Vogel auf die Idee kommen konnte, sie durcheinanderzubringen.

Nachdem alles sicher im Tornister verstaut war, streckte ich mich im Gras aus und machte ein wohlverdientes Nickerchen mit meinem neuen Freund Baum.

Als Schwester Anthony ihre Geschichte beendete, war die Sonne auf ihrem Weg zum Horizont schon ein ganzes Stück vorangekommen. Die Lichtung wirkte im goldenen Licht des späten Nachmittags, das zwischen den Nadeln der Bäume hindurchdrang, besonders lieblich. Die Kinder murmelten auf Wiedersehen, so als hielte die eben gehörte Geschichte sie noch in ihrem Bann. Und ich glaube, ich selbst war ebenfalls ein bißchen befangen, als ich Schwester Anthonys Hand schüttelte. Als ich fortging, fiel mir auf, wie scharf mein Gehör auf einmal zu sein schien, so als hätte jemand die Lautstärke hochgedreht. Der Wald schien plötzlich voller Töne zu sein, die ich seit zwanzig Jahren nicht mehr gehört hatte. Wann hatte ich mir abgewöhnt, hinzuhören?

Kapitel Fünf

Lehrer

Jeder, der einmal einen Freund gehabt hat oder selbst einer gewesen ist, weiß, daß Freundschaft ein ganz schönes Stück Arbeit bedeutet. Um so mehr, wenn der eine ein Mensch und der andere ein Baum ist. Ihr könnt dann nicht einfach fragen, worüber euer Freund sich freuen würde oder warum er gerade traurig ist. Unterhaltung wird so zu einem recht erfinderischen Spiel, und Schwester Anthony hatte es darin zur Meisterschaft gebracht. (Tatsächlich wären wohl auch viele menschliche Freundschaften besser, wenn die Freunde sich miteinander solche Mühe gäben, wie sie es tat, um diesen Baum zu verstehen.)

Dies wurde mir im Laufe der nächsten Jahre klar, als mein Vortrag über den Weihnachtsbaum zur alljährlichen Einrichtung wurde. Das erschien mir nicht als lästige Pflicht, denn stets nahm ich mehr von dort mit zurück, als ich mitgebracht hatte. Obwohl sie Brush Creek niemals verlassen hatte, hatte Schwester Anthony sich eine beneidenswerte Neugier auf das Leben bewahrt – ganz zu schweigen von ihrem unerschöpflichen Vorrat an Geschichten. Es gab immer wieder neue Generationen von Kindern, so daß sie einfach immer dieselben hätte erzählen können, doch irgendwie bot ihr die Natur stets neue Geheimnisse, denen sie auf den Grund gehen konnte, und immer wieder zog sie neue Gleichnisse aus ihrem eigenen Leben. Wie ihr das gelang, weiß ich nicht. Ich hatte die ganze Welt bereist, sah meine Arbeit regelmäßig in der *Times* gepriesen, und doch war ich all dessen so oft überdrüssig.

Ich würde gerne behaupten können, daß ich ihr zu Füßen saß und einfach all diese Inspirationen in mich einsog. Doch wenn die Kinder gegangen waren, beklagte ich mich meistens erst einmal so richtig – über die Bürokratie bei der Arbeit, über die Unfähigkeit der Leute, all die Schönheit zu würdigen, die wir für sie im Rockefeller Center ausbreiteten, oder über das, was mich sonst an dem betreffenden Tag gerade erzürnte. Manchmal hatte ich ein Problem, mit dem ich nicht zurechtkam, und Schwester Anthony konnte mir fast immer dadurch helfen, daß sie einfach genau die Fragen stellte, die mich zu seiner Lösung hinführten.

»Wie machen Sie das eigentlich?« fragte ich sie eines Tages.

»Was meinen Sie?« erwiderte sie.

»Wie Sie Geschichten erzählen«, sagte ich, dann berichtigte ich mich. »Nein, nicht nur das. Wie sind Sie Lehrerin geworden?«

Sie hatte mir gerade einen Kräutergarten gezeigt, den sie in jenem Jahr neu angelegt hatte. Jeder Abschnitt war sorgfältig mit einem Schild gekennzeichnet, auf dem angegeben war, wofür die Kräuter verwendet wurden, sowie einiges über ihre Herkunft. Ich hatte soeben etwas Rosmarin zwischen den Fingern zerrieben und wußte, daß der Duft von Rosmarin mich von nun an immer an Brush Creek erinnern würde.

Sie ließ sich mit ihrer Antwort Zeit. »Das hat alles mit Baum angefangen, glaube ich. Nachdem ich seine Bekanntschaft gemacht hatte, gehörte er bald zu meiner täglichen Routine. Ich ging mit den Schwestern zum Morgengebet und half nach dem Frühstück beim Spülen, und anschließend, wenn die Sonne schien, lief ich geradewegs nach draußen.«

Unwillkürlich hob sie das Gesicht der Sonne entgegen. »Jeden Tag habe ich etwas Neues entdeckt – einen Vogel, dessen Gesang ich noch nie zuvor gehört hatte, ein Fleckchen, wo wilde

Blumen wuchsen. Meine Erkundungen endeten stets bei Baum, so daß ich ihm berichten konnte, was ich an dem Tag entdeckt hatte. Wieviel Spaß ich auch für mich allein haben mochte, zu richtigen Abenteuern wurden meine Erlebnisse erst, wenn ich daraus Geschichten für Baum machte.«

Ich wollte mehr wissen. »Das verstehe ich«, sagte ich, »aber Sie haben ja eine ziemlich beeindruckende Wissensfülle angehäuft. Baum mag Sie angeregt haben, aber woher wußten Sie, welche Geschichten Sie ihm erzählen sollten? Haben Sie das alles aus sich selbst heraus?«

»O nein«, sagte sie. »Ich hatte wunderbare Lehrer.«

Ich war überrascht. »Wo sind Sie denn zur Schule gegangen?« fragte ich.

Sie lachte. »Hier«, sagte sie. »Bedenken Sie, ich bin in einer anderen Zeit aufgewachsen. Niemand achtete besonders darauf, ob man regulär an einer Schule angemeldet war oder nicht. Ich würde sagen, meine Ausbildung war zwar außergewöhnlich, aber dennoch umfassend. Lassen Sie mich überlegen, da gab es also Schwester Matilda, die hervorragend in Mathe war und die mir das Rechnen beigebracht hat. Schwester Steven unterrichtete mich in Geschichte, wobei sie besonderes Gewicht auf die großen Kriege legte. Ihr verdanke ich auch, daß ich Schach spielen kann.

Dann war da Schwester Agnes, die mich in die Naturkunde eingeführt hat. Sie war die Küchenschwester, und ich durfte ihre Küche als Labor benutzen. Geographie habe ich von den Nonnen gelernt, die zu Besuch kamen. Sie haben mich in die Bibliothek mitgenommen, mir auf dem Globus gezeigt, wo sie überall gewesen waren, und mir vom Leben dort draußen erzählt. Alle wechselten sich darin ab, mich lesen und schreiben zu lehren. Jede von ihnen hatte eine Lieblingsgeschichte, die sie weitererzählen wollte, und ich war wohl diejenige, die sich dafür anbot.«

Ich unterbrach sie. »Und wen mochten Sie am liebsten?«

»Das wird Sie wohl kaum überraschen«, sagte sie. »Ich habe sie durch Baum kennengelernt.« Und so begann eine neue Geschichte.

Ich war enttäuscht, weil es mir immer noch nicht gelungen war, Baums Sprache zu sprechen; ich wußte einfach nicht, was ihn wirklich interessieren mochte. Ich fühlte, er würde mir nur vertrauen, wenn ich ihm die Welt erklären würde, genauso wie mein Vater sie mir erklärt hatte. Ich hatte schon herausgefunden, wer mir dabei würde helfen können, nur wußte ich nicht, wie ich sie dazu überreden konnte.

Ihr Name war Schwester Mary, und sie war die Gartenschwester von Brush Creek. Ich wußte, ich würde es nicht leicht mit ihr haben. Während die anderen Nonnen sogar von ihren gewohnten Tätigkeiten abließen, um mit mir zu plaudern, hielt sie sich abseits. Was immer man sie fragte, sei es, ob sie noch Tee wolle oder wieviel Uhr es sei, ihre Antwort war immer die gleiche: »Hmm.« Gewöhnlich hielt sie sich draußen auf, wo sie entweder arbeitete oder umherging und mit sich selbst sprach.

Sie war auch ein wenig unordentlich. Immer hatte sie ein bißchen Schmutz auf der Stirn, Haarsträhnen fielen ihr aus der Haube, ganz gleich, wie oft sie sie wieder daruntersteckte. Noch etwas war mir aufgefallen. Wann immer auch nur der leiseste Ton vom Himmel her zu hören war, nannte Schwester Mary automatisch den Namen des entsprechenden Vogels, um sodann nach oben zu zeigen, wobei sie sich wie ein menschliches Teleskop um die eigene Achse drehte. Die anderen Nonnen sagten dann: »Schwester Mary ist ein bißchen wunderlich.« Aber ihre Blumen und Sträucher waren immer schön gepflegt, und alle waren sich einig, daß ihre Tomaten die besten waren, die sie je gekostet hatten.

Sie war sonderbar und hätte mir vielleicht angst gemacht, hätte sie nicht die gewinnendsten Augen gehabt, die ich je gesehen hatte. Sie waren tiefblau, und in den Augenwinkeln saßen kleine Fältchen. Diese Augen lächelten.

Ich fing an, Schwester Mary heimlich überallhin zu folgen. Wenn sie nicht draußen war, arbeitete sie in der Bibliothek, und zwar immer in dem Teil, wo die Bücher über Pflanzen und Vögel standen.

Kaum ging sie hinaus, suchte ich mir das Buch heraus, in dem sie gelesen hatte, und schlug es auf. Die meisten Wörter waren für mich zu schwierig, also betrachtete ich die Abbildungen. Sie waren hübsch, aber ich wollte mehr wissen.

Eines Tages saß ich auf dem Fußboden und betrachtete eines dieser Bilder, als ich fühlte, wie sich eine Hand auf meine Schulter legte. Vor Schreck ging ich fast in die Luft. Ich hatte nicht den leisesten Schritt gehört!

Ich schaute nach oben und erblickte Schwester Mary, die mich ansah.

»Warum läufst du mir immer hinterher?« fragte sie.

Ich konnte vor Bestürzung nicht sprechen. Schwester Mary klang ja ganz … normal.

Sie wartete nicht auf meine Antwort. »Ich will dir etwas zeigen«, sagte sie und ging hinüber in die Ecke der Bibliothek, in der einige Bücher in einem Glasschrank standen, die ich noch nie bemerkt hatte. Sie machte die Schranktür auf und bedeutete mir herüberzukommen.

Ich sah nichts Besonderes. Nur eine Reihe schmaler Bücher, deren Einband aussah wie dickes braunes Papier.

Schwester Mary zog eines der Bücher heraus. Jemand hatte ein quadratisches Stück Papier auf die Vorderseite geklebt, auf dem der Titel in sauberen Buchstaben geschrieben stand.

»Der ungebetene Gast«, las Schwester Mary.

Sie öffnete das Buch und zeigte mir die erste Seite. Darauf war eine kleine Bleistiftzeichnung

von einem Küchenbecken voller Geschirr und einem kleinen grauen Klecks. Ich fand sie reizend.
Schwester Mary las: »Zuerst ein grauer Schatten …«
Auf der nächsten Seite erschienen ein hellgrüner Fuß und ein ebensolcher Schwanz auf dem Rand des Beckens.
»Dann ein Fuß und ein Schwanz«, las Schwester Mary weiter. Schließlich kam eine vollständige grüne Eidechse zum Vorschein. Sie war ein flinkes kleines Kerlchen, das aus dem Buch herausspringen zu wollen schien. Die Geschichte handelte davon, wie sie herumspielte, ein Häppchen aß und schließlich beschloß zu bleiben.
Als die Geschichte zu Ende war, lachte ich, klatschte in die Hände und wollte auch die übrigen lustigen Büchlein sehen – *Unterschätze niemals die List einer Fliege* und *Wie der Sauerapfelbaum lächeln lernte* fallen mir noch ein.

Ich wollte wissen, von wem sie stammten. Sie waren ja offensichtlich für Kinder bestens geeignet.
»Der alte Herr, der dieses Haus gebaut hat, hat

sie für seine Kinder gemacht«, erklärte Schwester Mary.

Ich erinnere mich, daß sie seufzte und ein bißchen traurig dreinblickte. »Zu schade, daß keines von ihnen sie mitnehmen wollte«, sagte sie.

Als ich Schwester Mary bat, mir das Buch über die Fliege vorzulesen, entgegnete sie: »Nein, lies du es mir vor.« Sie half mir, die Worte herauszufinden, die ich nicht erkannte, und beantwortete geduldig alle meine Fragen über Fliegen,

Eidechsen und wer weiß was noch. Sie brachte mir nicht nur das Lesen bei, sondern lehrte mich, all die Geheimnisse in den Dingen des Alltags zu sehen.

Wir hatten ein langes Gespräch an jenem Tag, und als wir fertig waren, lief ich natürlich schnurstracks zu Baum.

»Hör mal, Baum«, sagte ich, »ich habe dir jetzt schon allerhand erzählt, aber du hast noch nicht viel über dich gesprochen. Ich dachte, du bist vielleicht zu ängstlich oder schüchtern, aber jetzt habe ich Schwester Mary gebeten, uns zu helfen.«

Ich redete in einem fort, darüber, daß Schwester Mary, wenn man sie erst einmal kannte, überhaupt nicht sonderbar war und daß sie alles über Bäume, Vögel und Pflanzen wußte und wie großartig die Bibliothek war. Ich berichtete ihm, daß Schwester Mary sogar gesagt hatte, eines Tages würde ich imstande sein, all diese Bücher zu lesen, was mir bisher unmöglich erschienen war. Dann fiel es mir wieder ein: Ich war ja gekommen, um Baum seine eigene Geschichte zu erzählen.

»Du bist eine Rotfichte«, sagte ich in bedeutungsvollem Ton, so wie man einem Frosch eröffnet, daß er in Wirklichkeit ein Prinz ist. »Du bist einer von denen« – ich nickte hinüber zu den Bäumen am Rand der Lichtung –, »und sie sind nicht durch Zufall hierhergekommen. Sie sind nicht aus Samen entstanden, die von Vögeln mitgebracht wurden oder vom Wind oder ...«

Ich hatte vergessen, ob Schwester Mary mir noch mehr darüber erzählt hatte, wie Samen fortgetragen werden konnten.

»Egal«, fuhr ich fort. »Der alte Herr, dem dies alles hier einmal gehörte, hat diese Bäume vor langer Zeit gepflanzt. Vielleicht vor dreißig oder vierzig Jahren.« Ich machte eine Pause, damit Baum das, was ich ihm da erzählte, in seiner ganzen Bedeutung erfassen konnte. Ich benahm mich wohl ziemlich theatralisch.

»Rotfichten wachsen sehr schnell und sind sehr schön. Sie eigneten sich vorzüglich, weil der alte Herr alles möglichst schnell so schön haben wollte wie jetzt. Und dann kamen die Schwestern hierher, und irgendwann im letzten Jahr bemerkte Schwester Mary einen winzigen Baum, der hier ein Stück abseits wuchs.«

»Das warst du!« rief ich laut.

Auf einmal wurde es unruhig über meinem Kopf. Es gab ein großes Geflatter und Gezwitscher, als die Vögel, die in den Rotfichten lebten, geflogen kamen, um zu sehen, wer da solchen Radau machte.

Ich sah die wohlbekannten kleinen Vögel mit der gelben Zeichnung. Aber es gab noch andere. Vögel mit roten Brustfedern und solche, die über und über rot waren. Da waren gestreifte Vögel und schlichte braune. Einige sangen die Tonleiter rauf, andere runter. Ich versuchte mir ihr Aussehen zu merken, um Schwester Mary nach ihnen fragen zu können.

Mit zurückgeworfenem Kopf, damit ich die Vögel beobachten konnte, rannte ich immer im Kreis herum und versuchte einen genaueren Blick auf sie zu erhaschen. Schließlich wurde mir so schwindlig, daß ich zu Boden plumpste und durchs Gras kullerte, bis ich genau neben Baum liegenblieb.

Wie wunderbar alles war!

Dann fiel mir ein, daß ich Baum noch lange nicht alles erzählt hatte, was er wissen mußte.

»Wußtest du«, fragte ich geheimnisvoll, »daß du Musik machen kannst?«

»Rotfichten werden verwendet, um Violinen herzustellen«, erläuterte ich und strich die Saiten einer unsichtbaren Geige. Ich war ein recht sachliches Kind, so daß mich die Vorstellung einer solch völligen Verwandlung, als Schwester Mary mir davon erzählt hatte, sehr verwundert hatte. Danach wollte ich alles über die Möglichkeiten der Nutzung von Bäumen wissen.
Ich erklärte Baum, daß man aus Bäumen Papier und aus Papier Bücher machte. Das Beste hob ich mir jedoch bis zum Schluß auf und erzählte ihm dann von einer weiteren Verwendungsmöglichkeit für Rotfichten. Ich erinnere mich, daß ich viel Aufhebens darum machte und flüsterte, so als wäre dieses Wissen zu wertvoll, um mit gewöhnlicher Stimme vorgetragen zu werden.
»Weihnachtsbäume.«
Ich zeigte auf die großen Bäume um uns herum, ihre perfekten Dreiecksformen und ihre großen, schön geformten Zapfen. »Sieh sie dir an. Es ist wirklich wahr. Rotfichten geben die allerschönsten Weihnachtsbäume ab!«
In diesem Moment kam eine Brise auf und ließ Baums Äste rauschen, als wolle er mir sagen, daß er diese Aussicht sehr aufregend finde.

Ich streckte die Hand aus und berührte seine Nadeln. »Du doch nicht, Dummerchen. Du bist viel zu klein«, sagte ich zu ihm. »Und außerdem sollst du hier bei mir bleiben.«

Als sie ihre Geschichte beendet hatte, blinzelte Schwester Anthony und rieb sich die Augen. »Pollenflug«, murmelte sie, aber ich hatte den Verdacht, daß es noch an etwas anderem lag.
Ich fühlte mich ein wenig unbehaglich, und ich war nicht sicher, ob ihre letzte Bemerkung mir gegolten hatte, obwohl ich doch innerlich ihren Baum längst von meiner Liste gestrichen hatte. Dennoch drängte es mich, das Thema zu wechseln, und so fragte ich sie etwas, das ich schon seit längerem wissen wollte.
»Schwester Anthony, ich habe eine dumme Frage«, begann ich.
Was sie darauf erwiderte, hatte ich sie schon oft zu den Kindern sagen hören. »Es gibt keine dummen Fragen«, sagte sie. »Worum geht es?«
»Wie sind Sie zu dem Namen Schwester Anthony gekommen?« fragte ich.
Sie lachte. »Das ist eine sehr gute Frage«, sagte sie.

»Sehen Sie diesen alten Tornister hier?« Sie hielt die abgewetzte Tasche hoch, die sie überallhin mit sich nahm. »Die Antwort ist hier drin.«
»Alles klar«, sagte ich. »Sie haben mich wieder mal neugierig gemacht. Erzählen Sie!«
»Manchmal habe ich das Gefühl, daß dieser alte Ranzen ein Teil von mir geworden ist, wie ein zusätzlicher Arm oder ein weiteres Bein. Über die Jahre habe ich ihn für alles mögliche benutzt. Manchmal, um mein Mittagessen zu transportieren, meistens jedoch habe ich ihn bei mir für den Fall, daß ich auf irgendwelche ungewöhnlichen Pflanzen oder Insekten stoße.«

Als Kind brachte ich meine Schätze in die Klosterbibliothek und breitete sie dort auf einem alten Stück Teppich aus, das Schwester Mary mir zu diesem Zweck gegeben hatte. So konnte ich sie vor Augen haben, während ich sie in den Büchern nachschlug, und machte dabei nichts schmutzig. Wenn ich meine neuesten Schätze bestimmt hatte, packte ich alles wieder in meinen Tornister und trug die Funde zu Baum, um sie ihm zu zeigen.
Aber eines Morgens, als ich meinen Tornister

von dem Haken nehmen wollte, an dem er gewöhnlich hing, war der Haken leer.
Ich suchte überall unter jedem Möbelstück, in jedem Schrank.
Ich ging das ganze Grundstück bis hin zur Hauptstraße ab, lief durch die Obstplantagen hindurch, überallhin.
Nichts.
Mir war elend zumute. Der Tornister war schon so weit mit mir gereist. Ich hatte das Gefühl, daß ich ohne ihn vielleicht nicht mit Baum Freundschaft geschlossen hätte, schließlich hatte ich Baum die Schätze gezeigt, die ich darin aufbewahrte, und mich dabei zum ersten Mal bei ihm so richtig heimisch gefühlt. Und was wahrscheinlich am wichtigsten war, der Tornister war der einzige Gegenstand, der mir aus meiner Vergangenheit erhalten geblieben war.
Tagelang suchte ich, im Haus und draußen.
An einem späten Vormittag fand Schwester Frances mich auf der rückwärtigen Treppe sitzend, die in die Küche führte.
»Hast du überall gesucht?« fragte sie.
Ich nickte verzweifelt, den Blick starr auf den Boden gerichtet.

»Vielleicht könntest du den heiligen Antonius fragen, ob er dir hilft«, schlug sie vor.
Ich sah auf. »Wer ist das?«
»Er war ein sehr freundlicher Mann, er lebte vor langer Zeit und hatte eine besondere Gabe, er konnte nämlich Leuten helfen, Dinge zu finden. Sprich ein kleines Gebet, vielleicht kann er dann auch dir helfen«, sagte Schwester Frances.
Ich folgte ihrem Rat. Ich betete voller Inbrunst mit den Nonnen in der Kapelle, dann noch einmal an Baums Seite. Und ich dachte angestrengt nach und versuchte mich zu erinnern, wann ich zum letzten Mal das Gewicht meines Tornisters auf den Schultern gefühlt hatte. Doch trotz allen Betens und Nachdenkens konnte ich ihn einfach nicht finden.
Der Verlust machte mich so mutlos, daß nicht einmal Baum mich trösten konnte. Eines Nachmittags, als ich meinen täglichen Besuch bei ihm beendete, war ich so traurig, daß ich nicht auf meinem gewohnten Weg zurück zum Kloster gehen mochte. Statt dessen nahm ich einen gewundenen Pfad, der zum Fluß hinunterführte, ich hatte ihn erst kurz zuvor entdeckt.
Ich ging den Pfad entlang und lauschte auf das

Knacken der Zweige unter meinen Füßen, als ich plötzlich unter Farnen etwas Braunes bemerkte. Mein Herz schlug schneller.

»Bitte, bitte, bitte«, flehte ich und schloß die Augen. »Wenn es mein Tornister ist, werde ich dich niemals vergessen, heiliger Antonius.«

Ich schob die Farnblätter beiseite. Da lag er, mein komischer Tornister mit seinen vielen Riemen und Schnallen. Noch nie war mir etwas so wunderschön erschienen wie dieser kleine Lederranzen. Ich mußte ihn an dem Tag verloren haben, als ich den Pfad zum Fluß gefunden hatte, und dann hatte ich vollkommen vergessen, daß ich überhaupt dort unten gewesen war. Ich hielt mein Wort. Sankt Antonius habe ich niemals vergessen. An dem Tag, als ich beschloß, Nonne zu werden, nahm ich seinen Namen in der Hoffnung an, daß ich vielleicht eines Tages jemandem würde helfen können, etwas Wichtiges zu finden, so wie er mir geholfen hatte.

Kapitel Sechs

Der Blizzard

Es war ein Sturm, der in die Geschichte eingehen würde. Kinder würden erwachsen werden und ihren Kindern und dann deren Kindern erzählen, wo sie sich gerade aufgehalten hatten, als der Blizzard gekommen war. Niemand würde je die Nacht vergessen, als der Wind losheulte wie ein Rudel verrückt gewordener wilder Präriehunde, so daß die Leute in ihre Keller rannten, so sie einen hatten, oder falls nicht, vor Angst schlotternd in ihren Betten lagen.

In dieser Nacht wurde die Welt weiß. Die Luft war so voller Schnee, daß man die Hand nicht vor Augen sehen konnte, wenn man närrisch genug war, hinauszugehen; und als der Wind schließlich nachließ, waren die Schneeverwehungen so hoch, daß sie wie Gebirgszüge aussahen, die über Nacht aus dem Boden gewachsen waren.

Ich befand mich zu dieser Zeit außer Landes auf Urlaub, den ich nach der Hektik des Weihnachtstrubels dringend benötigte; ich erforschte die Pflanzenwelt Mexikos, so daß ich den Trip als Geschäftsreise deklarieren konnte. Aber alle Leute, die ich kannte, erzählten mir später davon in allen schrecklichen Einzelheiten. Die einzigen

Berichte, die mich wirklich interessierten, waren jedoch die aus Brush Creek, zuerst von Schwester Frances und später von Schwester Anthony. Dies ist die Geschichte, die ich mir daraus zusammenreimte.

Die Ordensschwestern hatten offenbar den größten Teil jener Nacht im Gebet verbracht – sie beteten für die Reisenden unterwegs, für die Menschen, die in Häusern ohne ausreichende Heizung lebten, und für alle Tiere, die keinen Unterschlupf finden konnten, um sich gegen das Unwetter zu schützen. Schwester Anthony sprach ein besonderes Gebet für Baum. Sie war vor Angst um ihn ganz krank. Zwar war sie sich über die Lebensspanne einer Rotfichte durchaus im klaren, und Baum näherte sich, wenngleich seine Äste lange über das Alter hinaus, in dem sie brüchig und schütter hätten werden können, dicht und kräftig geblieben waren, seinem Limit mehr und mehr.

Als sie in jener Nacht schließlich zu Bett ging, nahm sie sich vor, am nächsten Morgen zu Baum hinauszugehen, sobald der Wind etwas nachgelassen hätte. Doch das erwies sich als unmöglich.

Drei ganze Tage lang wurden die Nonnen von riesigen Eiszapfen im Kloster festgehalten, die sich während des Sturms gebildet hatten. Die Abwärme des Hauses mußte den Schnee auf dem Dach gerade so weit zum Schmelzen gebracht haben, daß er an den Seiten herunterlief, wo er dann wieder zu gewaltigen Eiszapfen gefroren war. Keine von ihnen hatte jemals etwas Ähnliches gesehen. Nicht nur die Größe der Eiszapfen war überwältigend gewesen, sondern auch deren Form. Sie waren gebogen wie die Saiten einer Harfe.

Sie boten einen wunderbaren Anblick. Die wenigen Nonnen, die sich im Kloster aufhielten, als sich das Unwetter ereignete, versammelten sich nach dem Frühstück an den großen Fenstern und starrten schweigend hinaus.

»Vielleicht sind sie ein Zeichen Gottes, so wie die Taube nach der Sintflut«, mutmaßte eine der Nonnen.

»Das ist möglich«, sagte Schwester Frances. »Aber was immer sie auch sind, sie halten uns hier fest. Es könnte gefährlich sein, wenn wir versuchen würden, sie abzuschlagen. Wahrscheinlich würde uns dabei ein Eisbrett auf den Kopf fallen.«

Schwester Anthony brachte in den nächsten Tagen viele Stunden damit zu, aus dem Fenster zu sehen. Sie fand keine Ruhe, solange sie nicht wußte, was mit Baum geschehen war. Stand er noch?

Drei Tage nach dem Blizzard erwachte sie durch ein lautes Getöse. Dann kam ein zweites und noch eines. Sie schaute zum Fenster hinaus und sah große Löcher im Schnee und Splitter von glitzerndem Eis. Die Eiszapfen waren heruntergefallen.

Noch am gleichen Nachmittag machte sie sich in ihren wärmsten Sachen auf den Weg. Der friedliche Spaziergang, den sie fast an jedem Tag ihres Lebens und bei jedem Wetter gemacht hatte, erschien ihr jetzt als beschwerliche Reise.

Das lag nicht nur an dem Schnee, der an den flachsten Stellen noch mehr als einen halben Meter tief war, sondern mehr noch daran, daß sie nun das ganze Ausmaß der Zerstörungswut des Schneesturmes vor sich sah. Die dicke weiße Schneedecke, die er zurückgelassen hatte, ließ alles täuschend friedlich erscheinen. Vieles war zerstört worden, ein fürchterliches Gemetzel hatte stattgefunden.

Büsche waren entwurzelt worden, und die Gehwege waren übersät mit abgebrochenen Ästen und großen Stücken von Rinde. Am schlimmsten war es anzusehen, wie die Wurzeln gewaltiger Bäume, die der Sturm gefällt hatte, aus den Baumstümpfen heraus in der Luft hingen. Es war unheimlich still, so als lägen alle Lebewesen unter dem Schnee begraben.

Die Hügel, die sonst immer so voller Leben gewesen waren, wirkten nun wie ein vereister Friedhof.

Schließlich erreichte Schwester Anthony die Baumgruppe, hinter der die Lichtung lag. Ihr Herz frohlockte, als sie sah, daß die meisten Bäume noch standen, doch dann fiel ihr ein, daß Baum ja nicht durch andere Bäume geschützt war. Er stand allein, dem Sturm schutzlos ausgeliefert.

Sie kämpfte sich vorwärts und stapfte mit festen Schritten durch den Schnee. Schließlich stand sie am Rand der Lichtung und sank mit einem kleinen Schrei auf die Knie.

Da stand Baum, seine ausladenden Äste wiegten sich leise wie an einem lauen Frühlingstag, und alles war so, wie es immer gewesen war.

Schwester Anthony rappelte sich auf und lief zu ihrem Freund hinüber. Sie legte die Wange an seine Rinde. Er fühlte sich so stark an wie immer und warm im Vergleich zu ihrem eiskalten Gesicht. Obwohl sie fror, blieb sie lange dort, so als wollte sie Baum versichern, daß sie stets an seiner Seite sein würde. Schließlich wandte sie sich um und ging langsam zum Kloster zurück, als sie plötzlich das Gefühl überkam, daß Baum nicht mehr da war.

So schnell der Schnee es zuließ, bahnte sie sich ihren Weg zurück und kämpfte sich ein zweites Mal an diesem Tag den Hang hinauf, der zu der Lichtung führte. Doch Baum stand da, stolz und hochgewachsen im schwächer werdenden Licht.

Das schreckliche Gefühl, daß Baum durch den Sturm irgendeinen Schaden davongetragen hatte, wollte dennoch nicht weichen. Sie sorgte sich mehr und mehr um sein Befinden. Nach einem strengen Winter sah ein Baum vielleicht noch eine Weile gesund aus, doch konnte er da schon so angeschlagen sein, daß er jederzeit umstürzen konnte, so wie die großen Bäume, die in jenem Winter umgefallen waren. Ja, schon ein weiterer harter Winter konnte Baums Ende bedeuten. Schließlich war er für eine Rotfichte sehr alt, wie gut er auch immer aussehen mochte.

Tag für Tag besuchte sie Baum und betrachtete ihn von allen Seiten. Er wirkte so stark und kraftvoll – sie konnte sich einfach nicht vorstellen, daß er in seinem Inneren vielleicht geschwächt war. Aber sie konnte auch nicht all die Bäume ignorieren, die am Boden lagen, Bäume, die vor dem Schneesturm als unzerstörbar er-

schienen und die nun gespalten und zersplittert waren. Sie wußte, sie würde es niemals ertragen können, ihren Freund so enden zu sehen.
Der Frühling kam. Die Erde taute auf, das Grundstück wurde von den traurigen Überresten des Sturms befreit, und von neuem trafen sich die Kinder mit Schwester Anthony bei Baum auf der Lichtung.

Dann rief sie mich an. Sie fragte mich ganz beiläufig, ob ich sie nicht an diesem Tag besuchen wollte – aber mir war klar, daß mehr dahintersteckte.
Ich saß mit den Kindern im Kreis und hörte ihr zu, als sie mit ruhiger Stimme zu sprechen begann.
»Ich möchte euch etwas erzählen, das mir durch den Kopf gegangen ist – nämlich wie mir zum ersten Mal bewußt wurde, daß wir beide, Baum und ich, erwachsen geworden waren. Er war mir schon einige Jahre zuvor über den Kopf gewachsen, und seine Äste waren wunderbar dicht und kräftig. Jetzt hingen Kreuzschnäbel kopfunter in seinem Geäst und pickten nach den Zapfen, und er bot vielen Vögeln Schutz – Wanderdrosseln,

Ammern, Purpurgimpeln, Meisen und natürlich den Kronwaldsängern, den Vögeln mit der gelben Zeichnung, die mich am Anfang mit ihrem *Tschäck, tschäck, tschäck* begrüßt hatten, als Baum und ich uns das erste Mal trafen. Baum hieß sie alle willkommen.«

Als sie sprach, begleitete sie ein vielstimmiges Trillern und Schmettern, als würden die aufgerufenen Vögel ihr Meldung machen. Obwohl sie die Kinder direkt ansah, schien sie weit weg zu sein.

»Ich kann mich gut an unser Gespräch erinnern. Ich lehnte mich an seinen Stamm und erzählte ihm, daß Schwester Frances mich drängte, darüber nachzudenken, ob ich in die Welt hinausgehen wolle, ob ich vielleicht Gärtnerin oder Lehrerin werden wolle. Mir war klar, daß sie mein Bestes wollte, doch ich wußte genau, was ich brauchte, um glücklich zu sein.

Ich liebte diesen Ort, an dem ich die Vögel einander rufen hörte und dem Rauschen des Windes lauschte, der durch die Baumwipfel strich; ich liebte es, den Wechsel der Farben in der Landschaft zu beobachten, die Hügel, die erst grün, dann braun, dann grau und schließlich wieder grün wurden. Und wo würde ich je etwas so Schönes zu hören bekommen wie den Chorgesang der Schwestern bei der Abendandacht? Ich hatte so viele Geschichten über Menschen auf der Suche nach einem Glauben, nach einem Lebenssinn gelesen, und all dies habe ich hier gefunden«, fuhr Schwester Anthony fort. »Jeden Tag wache ich auf und sehe aus meinem Fenster und bin voller Vorfreude. Ich habe nie aufgehört zu fragen: ›Was erwartet mich heute da draußen?‹«

Sie lächelte die Kinder voller Wärme und Zuneigung an. »Ich habe euch alle hier gefunden. Es ist wunderschön, euch lernen und erwachsen werden zu sehen.« Sie machte eine Pause und nahm den Faden ihrer Geschichte wieder auf.

»Ich kuschelte mich an jenem Tag in Baums Schatten zusammen, wie ich es so viele Male in meinem Leben getan habe, und ich weiß noch, wie ich zu ihm sagte, als ich gerade am Einschlafen war: ›Was für ein Glück, daß ich dich habe.‹« Und dann hörte ich sie sagen, so leise, daß ich es kaum verstand: »Ich glaube, das wird sich niemals ändern.«

Nachdem die Kinder gegangen waren, wandte

sie sich mir zu und sagte das, womit ich schon gerechnet hatte. »Ich habe eine Entscheidung getroffen«, sagte sie und verschwand von der Lichtung, so daß ich mit Baum allein blieb. Ich fühlte mich nutzlos und wie vor den Kopf gestoßen.

Kapitel Sieben

Abschied

Seit jenem Tag fürchtete ich ihren Anruf. Als er endlich kam, war ich überrascht, wie munter sie klang. Dennoch war ich, nachdem ich aufgelegt hatte, innerlich ganz erstarrt, ungefähr so, wie man sich fühlt, wenn man zum ersten Mal begreift, daß die Eltern einem nicht alle Wünsche erfüllen können und daß sie die bösen Träume nicht von einem fernhalten können. Da hatte ich es nun geschafft, es war noch nicht einmal Frühling, und der diesjährige Baum war mir sicher, aber irgendwie war mir nicht nach Feiern zumute, als ich zum Kloster hinausfuhr.

Es war einer dieser unbestimmbaren Tage, noch nicht ganz Frühling, aber auch nicht mehr Winter. Die Sonne schien in der kalten Luft und legte über die bräunlich graue Landschaft ein langersehntes Glitzern, und Schwärme von Vögeln flogen über mich hinweg, deren Rufe wie eine Ankündigung des kommenden warmen Wetters klangen.

Ich mag diese Jahreszeit, wenn sich die Erde in einem Tauziehen zwischen Altem und Neuem zu befinden scheint.

Schwester Anthony erwartete mich im Kloster und schlug einen Spaziergang vor. Ich wollte auf die Lichtung zugehen, aber sie dirigierte mich in eine andere Richtung.

»Ich habe Baum heute schon besucht«, sagte sie nur. Ich hatte den Eindruck, daß sie mich nicht in Baums Nähe lassen wollte. Als wäre ich der Vorbote des Unheils. Schwester Anthony mußte meine Gefühle erraten haben, denn sie gab sich besondere Mühe, fröhlich zu sein. Wir plauderten über die Frühjahrsblumenschau, die demnächst stattfinden sollte, und sie erzählte mir von einer neuen Rosenkreuzung, an der sie in ihrem kleinen Gewächshaus auf der Rückseite des Klosters experimentierte.

Wir waren ein ganzes Stück gegangen, als sie am Ufer eines Flüßchens inmitten von Bäumen und kleinen Hügeln anhielt. In diesem Teil des Anwesens war ich bisher noch nie gewesen.

»Reizend, nicht wahr?« sagte Schwester Anthony »Dies ist das Herz von Brush Creek.«

Wir setzten uns nebeneinander auf ein paar große Steine, deren glatte Oberfläche von der Sonne angenehm erwärmt worden war.

»Erzählen Sie es mir«, sagte sie. Ich sah sie verständnislos an.

»Baums Reise«, sagte sie. »Ich möchte genau

wissen, was auf ihn zukommt. Und lassen Sie nichts aus. Ich will alles wissen, das Gute und das Schlechte.«

»Wo soll ich anfangen?« fragte ich. Sie dachte einen Augenblick nach. »Wie werden Sie ihn dort hinbekommen, nach New York City?« fragte sie. »Er ist sehr hoch.«

Ich erläuterte es ihr. Ich erklärte, daß der Baum auf einem speziellen Anhänger befördert wird, der sich wie ein Akkordeon ausziehen läßt, und zwar bis auf dreißig Meter. Es heißt, er könne einen Baum von achtunddreißig Meter Länge transportieren, aber das habe ich noch nie erlebt. Der höchste Baum, den es je im Rockefeller Center gegeben hat, maß achtundzwanzig Meter, und das war im Jahre 1948.

»Was für eine Art von Baum war das?« fragte Schwester Anthony.

»Ich glaube, eine Rotfichte«, sagte ich.

»Hmm«, machte sie und fragte dann: »Wie hoch mag Baum sein, was meinen Sie?«

»Na, so was, Schwester Anthony«, sagte ich lachend, »ich glaube, Sie sind ein bißchen ehrgeizig!«

Sie sah mich verlegen an und lächelte. Mein Herz

wurde leichter, obwohl ich wußte, daß dies für sie eine schwere Prüfung sein mußte.
Sie wollte mehr wissen. Wahrscheinlich wollte sie sichergehen, daß wir auch wußten, was wir taten. Ihre ganze Sorge galt Baum, und sie mußte das Gefühl haben, ihn in gute Hände abzugeben. Aber es steckte noch mehr dahinter. Sie war von einer natürlichen Neugier erfüllt, wie die Dinge funktionieren. Sie wollte einfach die technische Seite des Unterfangens verstehen, wissen, *wie* man eigentlich einen riesigen Baum in einem Stück von hier nach dort bringt.
Einmal mehr sah ich durch Schwester Anthony etwas in einem ganz neuen Licht, das für mich schon längst zu einem alten Hut geworden war. Als ich ihr den Vorgang erläuterte, fiel mir erst auf, wie erstaunlich es eigentlich war.
»Es dauert Wochen, den Baum vorzubereiten«, sagte ich. »Dann kommen wir mit ungefähr zwanzig Leuten und einem riesengroßen hydraulischen Kran, um den Baum auf den Anhänger zu heben und ihn dann am Rockefeller Center wieder aufzustellen.«
Ich redete mich selbst in Begeisterung. »Die Reise in die Stadt wird dann richtig aufregend«,

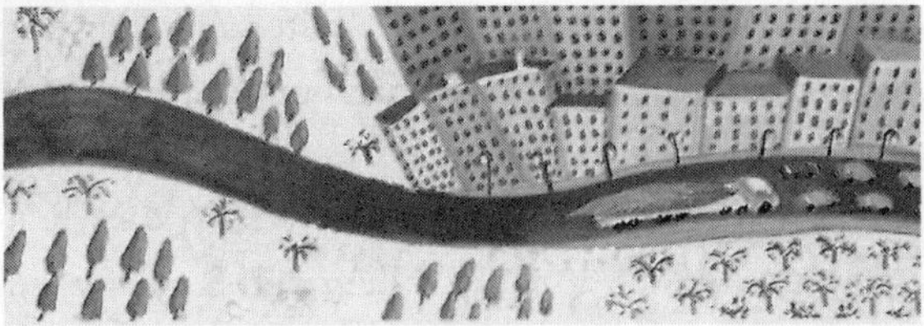

sagte ich. »Der Baum reist mit einer Polizeieskorte, nachts, wenn wenig Verkehr ist, wie ein Präsident oder ein Filmstar, der in der größten Limousine der Welt umherkutschiert wird.«
Schwester Anthony lachte laut. »Meine Güte«, sagte sie. »Sie machen es ja wirklich spannend.« Sie zwickte mich. »Und das alles bei einem Mann, der Weihnachten haßt!«
Ich war erleichtert. Bis hierher war alles gar nicht so schlimm gewesen.
Dann stellte sie die einzige Frage, die ich nicht beantworten wollte.
Es war eine ganz unschuldige Frage.
»Wie schaffen Sie es«, fragte sie, »daß die Äste auf so einem langen Weg nicht abbrechen?«
Meine Erleichterung schwand. So einfach würde es doch nicht werden.

»Wir, äh, verschnüren die Äste«, sagte ich, als wäre dies das Natürlichste auf der Welt.
Ihre Augenbrauen hoben sich.
»Verschnüren?« fragte sie.
Ich holte tief Luft. »Wir stellen den Kran neben dem Baum auf, und jemand steigt hoch und bindet jeden Ast einzeln fest, einen nach dem anderen.«
»Einen nach dem anderen«, wiederholte sie. »Das dauert sicher lange.«
Ich nickte. »Es dauert Wochen.«
»Wie fest verschnüren Sie die Äste?« fragte sie.
Ich zögerte. »Ziemlich fest«, sagte ich.
Sie nickte.
Ich fürchtete ihre nächste Frage.
»Brechen die Äste niemals?« fragte sie.
Volltreffer! Es führte kein Weg daran vorbei.
»Manchmal«, sagte ich. »Dann bringen wir sie neu an.«
»Sie *bringen* sie *an?*« sagte sie.
»Wir ›möbeln sie auf‹«, sagte ich und hätte mir am liebsten einen Tritt versetzt. »Ich meine, wir bringen neue Äste an, um die abgebrochenen zu ersetzen.«
Ich rechnete damit, daß sie sich aufregen, daß sie

nun vielleicht doch beschließen würde, Baum dort zu lassen, wo er war.
Aber ich hätte es besser wissen müssen.
»Ich verstehe, warum Sie das tun«, sagte sie langsam. »So wie man einen gebrochenen Arm schient.«
Eine lange Pause entstand, dann sagte sie. »Erzählen Sie mir noch einmal, wie der Baum aussieht, wenn er fertig geschmückt ist – bereit für die Show. Ich weiß, ich habe Sie das den Kindern viele Male erzählen hören, aber ich möchte es noch einmal hören.«
Ich versuchte mir jede Einzelheit, die ich jemals über den Rockefeller-Christbaum gehört hatte, ins Gedächtnis zu rufen. Ich erzählte ihr, wie wir mehr als 25 000 bunte Glühlampen mit insgesamt acht Kilometern elektrischer Leitung am Baum befestigen und welche Sorgfalt die Elektriker an den Tag legen, um sicherzustellen, daß jeder Ast separat angeschlossen wird.
Dann unterbrach ich mich. »Ich habe ganz vergessen«, sagte ich, »daß Sie unseren Weihnachtsbaum noch nie gesehen haben. Sie können sich wahrscheinlich gar nichts darunter vorstellen.«

Sie schüttelte den Kopf. »Nein, fahren Sie fort. Ich kann es mir sehr gut vorstellen.«

Also erzählte ich von den zwölf Engeln, die Valerie Clarebout Jahre zuvor eigens für die Gartenanlage des Rockefeller Centers angefertigt hatte, und daß man, wenn man mitten zwischen ihnen hindurchschaut, im Hintergrund wie eine zauberhafte Erscheinung den Weihnachtsbaum erblickt.

Und ich schilderte ihr den Stern. Er wurde 1949 aus einem Material hergestellt, das man Bakelit nennt und das einen sanften weißen Schimmer ausstrahlt. »Es sieht wie ein Wunder aus«, sagte ich leise.

Sie nahm all dies mit nachdenklichem Gesicht auf, als versuche sie, die Szenerie vor ihrem inneren Auge erstehen zu lassen. Ich bot an, ihr ein paar Fotografien von früheren Weihnachtsbäumen zu schicken, aber sie wollte sie nicht. »Ich glaube, ich verstehe jetzt«, war alles, was sie sagte.

Wir hörten dem Glucksen des Flüßchens zu, das mir plötzlich sehr laut vorkam.

»Schneeschmelze«, sagte Schwester Anthony geistesabwesend.

»Wissen Sie«, sagte sie, »immer habe ich mich an Baum gewendet, wenn ich mir über etwas Wichtiges klarwerden mußte. Komisch, diesmal kann ich nicht zu ihm gehen.«
Abrupt stand sie auf und wartete, bis auch ich mich erhoben hatte. Auf dem Weg zurück zum Kloster tat sie, als sorgte sie sich um nichts anderes in der Welt als darum, ob ihre neuen Rosen blühen würden oder nicht.

In jenem Jahr schneite es früh. Die Felder waren weiß, als meine Leute und ich den Baum holen kamen. Ich hatte Schwester Anthony seit dem Frühjahr nicht mehr gesehen, aber meine Männer hatten mir berichtet, daß sie jeden Tag dort draußen war und ihnen zusah, wie sie Baums Äste festbanden.
Und jetzt war die Zeit gekommen.
Ich klopfte an die Tür des Klosters. Eine der jüngeren Ordensschwestern öffnete die Tür und bat mich herein. Ich wartete auf Schwester Frances. Ich erschrak, als ich sie sah. Wenn ich es recht bedachte, war es schon recht viele Jahre her, daß ich sie zum ersten Mal gesehen und nach dem Baum gefragt hatte. Bei meinen späteren Be-

suchen war ich dann gewöhnlich direkt zur Lichtung gegangen.
Ihre Gestalt hatte alles Rundliche verloren. Sie schien in ihrem Gewand zu verschwinden. Sie bewegte sich sehr langsam, so als kostete sie jeder Schritt eine unermeßliche Anstrengung. Mir wurde bewußt, daß sie fast neunzig sein mußte. Doch ihr Händedruck war immer noch kräftig.
»Schön, Sie zu sehen«, sagte sie herzlich, aber ihre Stimme war dünner, als ich sie in Erinnerung hatte.
»Schwester Anthony hat mir erzählt, daß Sie beide in den letzten Jahren ein paar nette Unterredungen miteinander hatten«, sagte sie. »Das freut mich.«
Ich wußte nicht, was ich sagen sollte.
»Können Sie bitte noch ein paar Minuten warten?« fragte sie. »Alle Schwestern wollen kommen und dem Baum den letzten Segen erteilen, wenn Sie das nicht zu sehr aufhält.«
»Selbstverständlich«, murmelte ich und klammerte mich an meiner Mütze fest wie ein Ertrinkender.
Die junge Nonne, die mir geöffnet hatte, ging hinaus und verschwand in einem kleinen, stei-

nernen Gebäude, das mir noch nie zuvor aufgefallen war. Und dann erfüllte plötzlich Glockenklang die Luft.

Sie kamen alle. Binnen weniger Minuten war der Garten voll schwarzer Gewänder. Mir war nicht klar gewesen, daß es in Brush Creek so viele Nonnen gab, obwohl Schwester Anthony mir erzählt hatte, daß sich immer mehr von ihnen dort aufhielten, als es den Anschein hatte. In ihrer Mitte stand Schwester Anthony Arm in Arm mit Schwester Frances. Sie nickten mir zu, setzten sich in Bewegung und gingen auf die Lichtung zu.

Ich ging zum Vordereingang und sagte meinen Leuten, daß ich sie am Baum treffen würde, dann folgte ich den Nonnen in einigem Abstand. Ich fühlte mich wie ein Eindringling, konnte aber nichts dagegen tun. Ich wurde von der Prozession angezogen wie ein Vogel von seinem Schwarm.

Nie werde ich ihren Anblick vergessen, wie sie da vor mir über die Felder gingen und die Säume ihrer Gewänder von der dünnen Schneeschicht, die den Boden bedeckte, weiß wurden.

Die Männer hatten den Anhänger außen herum

zur Lichtung gefahren und erwarteten uns schon, als wir ankamen. Sie rüpelten ein wenig herum, doch als sie die Schwestern näher kommen sahen, wurden sie sehr schnell still. Man konnte an ihren Gesichtern ablesen, daß sogar sie von diesen Nonnen beeindruckt waren, die da durch den Schnee herankamen, um von ihrem Baum Abschied zu nehmen – dies um so mehr, als viele der Schwestern schon sehr alt waren.
Sie standen respektvoll abseits, als die Nonnen ein Gebet sprachen und den Baum mit Wasser besprengten. Es wurden keine Reden gehalten oder dergleichen. Sie standen einfach einige Minuten lang schweigend da und begannen dann leise zu singen. Ihre Stimmen waren so klar und rein wie kühles Quellwasser.
Als der letzte Ton verklungen war, sah Schwester Frances zu mir herüber und nickte.
»Wir verlassen Sie jetzt«, sagte sie.
Ich sah, wie sie den Arm um Schwester Anthony legte und sagte: »Laß uns hineingehen.«
Schwester Anthony schüttelte den Kopf. »Geht nur. Ich muß hierbleiben.«
Die anderen Nonnen waren schon in Richtung des Klosters aufgebrochen. Ich konnte sehen,

daß Schwester Frances Schwester Anthony nur ungern zurücklassen wollte. Sie blickte mich an, aber ich zuckte mit den Schultern. Wie gesagt, ich kann mit Bäumen besser umgehen als mit Menschen.

Schwester Frances stand da mit besorgter Miene und sah auf einmal sehr zerbrechlich aus. Sie war um etliches älter als Schwester Anthony; tatsächlich hätten sie Mutter und Tochter sein können, so stark war die Verbindung zwischen ihnen.

»Es ist kalt«, sagte Schwester Anthony lächelnd. »Ich bleibe allein hier. Mir geht es gut.«

Schwester Frances sah sie eindringlich an und erkannte wohl, daß sie die Wahrheit sagte. Sie drückte ihre Hand und ging fort.

Wenn man es noch nie gesehen hat, ist es sowohl faszinierend als auch erschreckend zu sehen, wie wir den Baum fällen. Nach den langen Wochen der Vorbereitung dauert das Fällen selbst nur etwa zwei Minuten, und doch wurde mir an jenem Tag klar, daß das eine schrecklich lange Zeit ist, wenn man zuhören muß, wie etwas, das man liebt, mit einer Säge bearbeitet wird. Das Eigenartige ist, daß man zunächst nicht sieht, daß überhaupt irgend etwas passiert ist. Der Baum

wird vorher an einem hohen Kran aufgehängt, so daß es so aussieht, als stehe er noch, selbst wenn sein Stamm schon durchtrennt ist.
Ich hätte Schwester Anthony warnen sollen. Ich sah das hoffnungsvolle Leuchten auf ihrem Gesicht, als die Säge verstummte und Baum nicht umkippte, und ich sah, wie diese Hoffnung schwand, als wir ihn von seinem Stumpf abhoben und auf den Anhänger herunterließen.
Das war der Moment, in dem ich gewöhnlich die Jahresringe auf dem Baumstumpf zähle, um sein genaues Alter festzustellen.
Ich erklärte Schwester Anthony, was ich vorhatte. »Würden Sie mir beim Zählen helfen?« fragte ich. Gemeinsam zählten wir die Ringe. Es waren zweiundsechzig.
»Wie ich es mir dachte«, sagte Schwester Anthony. »Baum war nur um wenige Jahre jünger als ich.«
»Sie haben sich beide gut gehalten«, sagte ich, weil mir nichts anderes einfiel, das ich hätte sagen können.
Die Männer waren damit beschäftigt, Baums Höhe zu messen.
»Dreiundzwanzig Meter!« rief einer von ihnen.

Schwester Anthony sah müde aus, aber sie hielt sich tapfer. »Nur dreiundzwanzig Meter!« sagte sie. »Und ich war überzeugt, daß er der höchste Baum aller Zeiten sein würde.«
Sie holte tief Luft. »Nun ja«, sagte sie, »der schönste ist er auf jeden Fall, soviel ist sicher.«
»Keine Frage«, sagte ich. Es gab so vieles, das ich ihr gerne noch gesagt hätte, ich wollte ihr danken, ihr versichern, daß wir gut auf Baum aufpassen würden. Ich wußte nur nicht, wie ich es ausdrücken sollte. Also schüttelte ich nur ihre Hand und kletterte in einen der Lastwagen.
Als wir losfuhren, konnte ich sie im Rückspiegel sehen, eine kleine, einsame Gestalt, die zum Abschied winkte.

ICH SORGTE DAFÜR, daß die Leitung des Rockefeller Centers eine gesonderte Einladung an die Schwestern von Brush Creek schickte. Sie begann mit den Worten: *Es wäre uns eine Ehre, Sie bei der alljährlichen Feier anläßlich der Illuminierung des Christbaumes begrüßen zu dürfen* – und war in roten und grünen Buchstaben auf dickem, cremefarbenem Karton gedruckt. Sehr vornehm.

Schwester Frances rief mich, einige Tage nachdem sie die Karte erhalten hatte, dankbar und voller Begeisterung an. Sie erzählte mir, daß sie die Karte auf dem kleinen Tisch in der Eingangshalle aufgestellt und eine Liste zum Eintragen danebengelegt hatte, um herauszufinden, wie viele der Nonnen beabsichtigten, hinzugehen. Die Liste hatte sich innerhalb eines Tages mit Namen gefüllt. Und nicht nur das: Die Nachricht von dem Baum und der bevorstehenden Reise in die Stadt hatte sich verbreitet – und viele wollten mitkommen, Menschen, die noch die glücklichen Augenblicke im Gedächtnis hatten, die sie als Kinder unter Schwester Anthonys Baum hatten verbringen dürfen.

Als Schwester Frances die Namen all derer, die

mitfahren wollten, zusammengezählt hatte, war ihr klar, daß es viel mehr waren, als der Kleinbus des Klosters fassen konnte. Das hielt sie jedoch keineswegs auf. Das Kloster hatte einen Fonds für besondere Gelegenheiten, und dies schien ihr eine Gelegenheit zu sein wie nur irgendeine, um einen Teil dieses Geldes auszugeben. Also charterte sie eine kleine Karawane von Bussen. Sie wollte nun wissen, ob ich Parkplätze für sie beschaffen könne. Ich sagte, kein Problem …

Zwei Wochen später rief sie wieder an.

»Es tut mir leid, Sie damit zu belästigen«, sagte sie, »aber ich habe ein Problem. Ich war so beschäftigt mit den Vorbereitungen für unsere Fahrt, daß ich gar nicht richtig wahrgenommen habe, wie still Schwester Anthony in letzter Zeit gewesen ist. Gestern dann sah ich auf der Liste nach, wer von uns sich eingetragen hatte, und entdeckte, daß ein Name fehlte.«

Ich unterbrach sie. »Sie kommt nicht?«

»Immer mit der Ruhe, junger Mann«, sagte Schwester Frances. Sie wollte es mir auf ihre Art erzählen, soviel war klar.

»Gleich nachdem ich bemerkt hatte, daß sie sich nicht angemeldet hatte, habe ich sie in der

Bibliothek aufgesucht, und da habe ich, wie ich beschämt zugeben muß, wohl recht heftig mit ihr gesprochen.«

Ich konnte ein Lächeln nicht unterdrücken, als ich mir den Zusammenprall zwischen diesen beiden vorstellte. »Sie fragte, ob irgend etwas nicht in Ordnung sei, und ich sagte: ›Allerdings. Warum kommst du nicht mit uns zum Rockefeller Center?‹

Die Antwort kannte ich natürlich schon. Mein Herz fühlte mit ihr, doch ich sagte: ›Es kommt eine Zeit, da muß man Abschied nehmen.‹

Wissen Sie, was sie da sagte? ›Ich habe bereits Abschied genommen.‹

In diesem Augenblick kam sie mir vor wie das traurige kleine Mädchen, das ich vor fast sechzig Jahren gesehen hatte und das so verloren und allein gewesen war.

›Bist du sicher?‹ fragte ich. Aber ich konnte schon an ihrem Gesichtsausdruck erkennen, daß an ihrer Entscheidung nicht zu rütteln war.«

Stille trat ein.

»Schwester Frances?« sagte ich.

»Ja«, sagte sie etwas verdutzt. »Ach ja, deshalb rufe ich ja an. Sie müssen an dem Tag, wenn der

Baum erleuchtet werden soll, nach Brush Creek herauskommen und Schwester Anthony selbst zum Rockefeller Center bringen. Sie sind der einzige, der das tun kann. Ich verlasse mich auf Sie.«

Und dann legte sie auf.

Zuerst wollte ich sie zurückrufen und ihr sagen, das sei unmöglich. Wie sollte ich an dem Tag, der für mich der wichtigste im ganzen Jahr war, den langen Weg bis ins Zentrum von New Jersey und zurück fahren? Aber mein nächster Gedanke war gleich – wie konnte ich es nicht tun?

Als ich in Brush Creek ankam, standen die Busse schon bereit. Es war eine lange Fahrt bis in die Stadt und schlechtes Wetter zum Reisen. Die Temperatur schwankte um den Gefrierpunkt, und es hatte leicht zu schneien begonnen, naß und matschig.

Trotz der Dämmerung draußen wirkte das Innere des Klosters festlich. Der große Salon war gefüllt mit Nonnen, Leuten aus der Stadt, die mitwollten, und einer großen Anzahl von Kindern. In einigen von ihnen erkannte ich Schüler von Schwester Anthony wieder. Schwester Frances war in ihrem Element, sie ließ die Leute sich in

Reihen aufstellen und wies ihnen ihren Bus zu. Man sah, daß sie am glücklichsten war, wenn sie eine Checkliste in der Hand hielt.

Als sie mich sah, sagte sie nicht einmal guten Tag. Sie wies nur mit einer Kopfbewegung nach hinten. »Sie ist draußen im Gewächshaus«, sagte sie. »Sie weiß nichts von Ihrem Kommen.«

»Na prima«, sagte ich und verfluchte meine eigene Dämlichkeit, weil ich diesen idiotischen Auftrag übernommen hatte. Was brachte mich – und erst recht Schwester Frances – eigentlich dazu, anzunehmen, daß ich Schwester Anthony würde umstimmen können? Und warum sollten wir es überhaupt versuchen? Stand es uns etwa zu, darüber zu entscheiden, wie Schwester Anthony mit dem Ende der wichtigsten Freundschaft ihres Lebens fertig zu werden hatte? Wir konnten nicht einmal erahnen, welche Bindung zwischen ihr und Baum bestanden hatte und was es für sie bedeutete, daß sie nun zerrissen war.

Ich wollte auf der Stelle umkehren und nach New York zurückfahren, wo ich hingehörte. Es war meine Sache nicht, den Seelsorger zu spielen – erst recht nicht für eine Ordensschwester.

Während mir dies alles durch den Kopf ging, war Schwester Frances mit ihrer Liste beschäftigt. Als sie sah, daß ich mich nicht vom Fleck rührte, machte sie eine ungeduldige Handbewegung. »Los doch«, sagte sie. »Es bleibt nicht mehr viel Zeit.«

Als ich an die Tür des Gewächshauses klopfte, kam keine Antwort, also ging ich einfach hinein. Ich konnte Schwester Anthony im Inneren rumoren und vor sich hin summen hören. Als ich auf sie zuging, stieß ich eine Gießkanne um.

Schwester Anthony sah erschrocken auf.

»Was machen Sie denn hier?« begrüßte sie mich. »Ist heute nicht Ihr großer Tag?«

»Nöö«, sagte ich. »Ich bin schon wieder mit etwas anderem beschäftigt. Zur Zeit plane ich die Blumenschau für das Frühjahr. Was den Baum betrifft, bin ich jetzt soweit fertig. Ab jetzt übernehmen andere die Verantwortung.«

Ich log nicht direkt, aber ich sagte auch nicht die ganze Wahrheit. Es stimmte, daß nun die Elektriker und die Leute aus der Abteilung Öffentlichkeitsarbeit für den Baum zuständig waren. Doch dies war das erste Mal, daß ich mich an diesem großen Tag woanders aufhielt: Gewöhn-

lich war ich anwesend, wuselte herum und vergewisserte mich, daß alles reibungslos lief.
Sie sah mich erwartungsvoll an.
»Sie kommen also nicht mit, wie ich höre?« sagte ich.
»Das stimmt.« Da hatte ich es. Sie würde es mir nicht leichtmachen. Ich holte tief Atem.
»Sehen Sie«, sagte ich, »ich weiß, daß es mich eigentlich nichts angeht, aber ich bin wirklich der Meinung, Sie sollten kommen, um Baum zu sehen.«
Sie sah überrascht aus. »Ich glaube, ich habe noch nie zuvor gehört, daß Sie ihn Baum genannt haben«, sagte sie.
Mir war klar, daß ich fortfahren mußte, bevor mich mein Mut verließ. Dann platzte ich einfach heraus: »Schwester Anthony, ich weiß nicht, wie ich es ausdrücken soll. Ich habe mein ganzes Leben, seit ich erwachsen bin, damit verbracht, Schönes zu gestalten. Ich meine, das ist nun mal mein Job – Wirkung zu erzielen, Leute zu begeistern. Pflanzen und Bäume sind mein Werkzeug, ich benutze sie, so wie ich meinen Computer und mein Rolodex benutze. Jedenfalls habe ich mir das immer eingeredet.«

Ich wußte nicht, was ich noch sagen sollte. Ich fühlte mich wie ein Schuft. Was tat ich hier nur? Schwester Anthonys Augen sahen mich teilnahmsvoll an. Und als sie geduldig abwartete, bis ich meine Gedanken geordnet hatte, kam mir in den Sinn, daß sie wieder einmal mir aus der Klemme half, obwohl ich derjenige sein sollte, der ihr half.

»Ich glaube, was ich Ihnen zu erklären versuche, ist ..., daß das alles eine Lüge ist.«

Sie sah mich verwundert an. »Wie meinen Sie das?«

»Ich meine, es ist nicht nur ein Job, sie sind nicht bloß mein Werkzeug, und es ist wahr, ich liebe meinen Beruf – und Sie haben mir geholfen, das zu verstehen. Sie und Baum. Bitte, kommen Sie doch mit. Ich möchte, daß Sie sehen, was aus Baum geworden ist. Es ist wichtig.«

Ich hielt inne. Ich wußte nicht weiter.

Schwester Anthony schwieg.

»Bitte«, sagte ich.

Auf der Fahrt in die Stadt sprachen wir nicht viel. Ich sah, wie Schwester Anthony die ganze Häßlichkeit in sich aufnahm, als die schönen ländlichen Gegenden von New Jersey Einkaufszentren, riesenhaften Öltanks und Rauch speienden Schornsteinen gewichen waren. Das alles war für sie neu, so viele Jahre war es her, daß sie nach Brush Creek gereist war.

Schließlich tauchte in großer Entfernung die Stadt auf, doch wir konnten sie nur erahnen. Die Luft war dick von gefrorenem Nebel.

»An klaren Tagen scheint die Skyline von New York zu funkeln«, sagte ich und tat mein Bestes, um leutselig zu klingen.

Schwester Anthony nickte höflich.

»Kommt es Ihnen irgendwie bekannt vor?« fragte ich sie.

Sie schüttelte den Kopf. »Kein bißchen.«

Ich dachte, wir sollten einfach umkehren und zurückfahren. Wir machten da einen schlimmen Fehler. Was würde sie von dem ganzen Trara halten, das zur Zeremonie der Beleuchtung des Baumes gehörte, von den ganzen Showstars, Politikern und Fernsehkameras? Ich befürchtete, falls ihr nicht schon die Menschenmassen zuviel wären, würden sicherlich die Vorführungen sie überfordern.

Der Verkehr war mörderisch. Wir krochen

durch die Stadt. Sie schüttelte immer wieder den Kopf. »Ich kann mich an nichts erinnern«, sagte sie. »Nichts.«

Dann sagte sie traurig: »Das habe ich am allermeisten befürchtet, wissen Sie.«

»Was denn?« fragte ich.

»Ich hatte immer eine angenehme Erinnerung an New York, obwohl ich sie nicht genau bestimmen konnte. Einfach ein warmes Gefühl«, sagte sie. »Aber das hier – das ist es nicht!«

Ich schaute zum Fenster hinaus und versuchte die Stadt mit ihren Augen zu sehen: Alles war grau, graue Menschen huschten vorüber, sie überquerten graue Straßen, die von grauen Häusern gesäumt wurden. Das einzige, was nicht grau und eintönig war, war der Lärm – ohrenbetäubendes, grelles Gehupe, das Fluchen von Fußgängern und Autofahrern und natürlich die allgegenwärtigen Sirenen.

Ich wünschte, wir hätten die Fifth Avenue entlangfahren können, dann hätte sie wenigstens die Weihnachtsdekoration und die Engel sehen können, die den Weg hin zum Baum erleuchteten. Doch ich wußte, daß der Verkehr dort ein wahrer Alptraum sein würde, deshalb hielten

wir in der Nähe der Sixth Avenue an, überquerten die fünfzigste Straße und kämpften uns durch die Menschenmenge, die sich um den für die Nonnen mit Seilen abgesperrten Platz herum versammelt hatte. Schwester Anthony beklagte sich nicht, aber sie sah mitleiderregend aus – klein und zerbrechlich in dem Gedränge und der Kälte. Zum ersten Mal, seit ich sie kannte, wirkte sie alt.

»Es wird großartig sein, wenn wir erst dort sind, Sie werden sehen«, sagte ich und bahnte ihr mit den Ellenbogen einen Weg durch das Gewühl. Endlich kamen wir an. Ich erhaschte einen Blick auf Schwester Frances und ihre Gruppe, doch bevor ich noch nach oben sehen konnte, um mich zu vergewissern, daß der Baum auch wirklich da war, griff einer meiner Leute nach meinem Arm.

»Wir haben Sie überall gesucht«, schrie er und zog mich mit sich.

Als ich mich um die betreffende Sache – was immer es war – gekümmert hatte, gelang es mir nicht mehr, zu Schwester Anthony zurückzukommen. Von ferne trafen sich unsere Blicke, und ich winkte ihr hilflos zu, als auch schon die Feier begann. Sie lächelte und winkte zurück, ein bißchen zu herzlich, um überzeugend zu wirken. Alles ging so schnell. Reden wurden gehalten, es wurde gesungen, und der Baum wurde erleuchtet.

Ich nahm keine Notiz von alldem. Meine Augen waren auf Schwester Anthony gerichtet, und ich versuchte zu erraten, was sie wohl dachte. Anfangs sah sie verwirrt aus.

»Sie hätte nicht herkommen sollen«, murmelte ich vor mich hin.

Dann geschah etwas. Ihre Miene hellte sich auf, und plötzlich wirkte sie um Jahre jünger, fast wie ein Kind. Sie lächelte, als sie die Hand hob und dem Baum zuwinkte, und ihre Lippen bewegten sich. Ich bin ganz sicher, sie sagte: »Auf Wiedersehen, mein Freund.«

Als es vorbei war, versuchte ich zu ihr zu gelangen. Aber ich war von der Menschenmenge eingeschlossen, und als ich mir schließlich einen Weg hin zu der Stelle gebahnt hatte, wo die Nonnen gestanden hatten, waren sie fort.

Kapitel Neun

Der Weihnachtsbaum

Während der nächsten Wochen nahm ich mir immer wieder vor, Brush Creek einen Besuch abzustatten, aber wie üblich nahm mich die Arbeit ganz in Anspruch. Ich knurrte wieder einmal über den Christbaum für das nächste Jahr und die ganze Plackerei, die damit verbunden war.

Dann kam ihr Brief. Er flatterte an einem Tag in mein Büro, an dem ich in besonders schlechter Stimmung war. Als meine Sekretärin den Summer betätigte, um mir mitzuteilen, daß der Hubschrauberpilot auf mich wartete, schnauzte ich sie an: »Lassen Sie ihn warten!«

Ich schloß die Tür und fing an zu lesen.

Ich hatte recht gehabt. Die Menschenmassen und die Showeinlagen hatten sie erdrückt. Sie hatte gewünscht, sie wäre daheim geblieben. Sie hatte Angst gehabt. Das Schlimmste war gewesen, daß sie ihren Baum an diesem fremden Ort nicht wiedererkannt hatte, inmitten von Hochhäusern anstatt unter freiem Himmel. Seine Äste hatten sich unter einem Glanz gebogen, der ihr falsch erschienen war.

Dann hatten die Lichter zu leuchten begonnen, und ganz oben an der Spitze erstrahlte der Stern. Den Rest lasse ich sie euch selbst erzählen.

Da kam mir auf einmal die Erinnerung an einen Stern aus lange vergangener Zeit, schrieb sie. *Plötzlich wußte ich, daß ich schon einmal hiergewesen war, und zwar mit meinem Vater, und daß er etwas sehr Merkwürdiges gesagt hatte. »Die Stadt ist unser Juwel – wunderschön, doch hart.«*
Ich weiß noch, daß mir seine Stimme damals ein bißchen angst machte. Es lag ein tiefer Kummer darin, den ich noch nie bei ihm gehört hatte. Später wurde mir klar, daß er wußte, was ich nicht wissen konnte: daß er sterben würde.

Er mußte bemerkt haben, daß ich mich fürchtete, denn als er von neuem mit mir sprach, war sein Ton zärtlich, so wie er mir vertraut war.
»Siehst du diesen Stern, Anna, dort oben an der Spitze des Baumes?« sagte er. »Er ist da, um uns an die Schönheit zu erinnern, selbst wenn wir nur die Härte zu spüren bekommen.«
Und als ich dort mit Schwester Frances und den anderen stand, begriff ich endlich, was mein Vater mir hatte sagen wollen und wie sehr es ihn geschmerzt haben mußte zu wissen, daß er mir all die Dinge nicht mehr würde beibringen kön-

nen, die er mich hatte lehren wollen. Ich war so stolz auf ihn, als ich mich an diese Zeit erinnerte, und so glücklich, daß ich sie wiedergefunden hatte. Meine Angst schwand einfach dahin.

Ich blickte um mich und sah in die glücklichen Gesichter meiner Lieben und in die wildfremder Leute. Ich hielt nach Ihnen Ausschau, aber ich konnte Sie in der Menge nicht entdecken. Doch die Menge ängstigte mich nicht mehr, denn ich konnte sehen, daß die vielen Menschen genau das taten, was mein Vater gesagt hatte, daß ich tun sollte. Sie suchten die Schönheit.

Und sie haben sie gefunden. Mein Baum hat sie ihnen geschenkt.

Er war schön, nicht wahr? Und ich konnte ihn erkennen, auch unter all dem Putz. Er war ja schließlich mein Baum.

Alle hier in Brush Creek reden immer noch davon, wie aufregend es war. Andererseits ist der Alltag zurückgekehrt. Ich habe über eine neue Tomatensorte nachgelesen, die ich diesen Sommer ausprobieren will, und im Gewächshaus herumgewerkelt. Ich werde froh sein, wenn es wärmer wird und ich wieder im Garten arbeiten kann.

Sie müssen uns bald besuchen kommen. Ich habe der diesjährigen Schulklasse alles über den Weihnachtsbaum erzählt und über den klugen Mann, der ihn aussucht. Sie meinen, das müsse ein wunderbarer Beruf sein. Kommen Sie einfach an irgendeinem frühen Nachmittag zur Lichtung. Ich werde dort sein, bei der kleinen Rotfichte, die die Kinder und ich diese Woche gepflanzt haben. Es war richtig, daß Sie mich zum Mitkommen bewogen haben. Sie sind ein guter Freund, und dafür danke ich Ihnen.

Ich saß eine ganze Weile da, ohne mich zu rühren. Mein Kopf und mein Herz waren voll. Schließlich legte ich den Brief in die Schreibtischschublade und verließ mein Büro. Ich fühlte mich seltsam leicht.
Meine Sekretärin starrte mich an.
»Nanu, Sie sehen ja direkt mal ein bißchen zufriedener aus«, sagte sie. »Wie haben Sie das angestellt? Ein Nickerchen gemacht?«
»Warum sollte ich nicht zufrieden aussehen«, sagte ich, »wo ich mich doch gleich auf den Weg mache, einen Weihnachtsbaum zu suchen.«

Inhaltsverzeichnis